双葉文庫

居眠り磐音 江戸双紙

梅雨ノ蝶

佐伯泰英

目次

梅雨ノ蝶　居眠り磐音　江戸双紙

第一章　番頭殺し

一

安永六年（一七七七）四月。

庭の梅の木に青梅が生って初夏の陽射しを受けていた。

両国西広小路の一角に店を構える両替屋「行司の今津屋から、仮奉公のおそめの姿が消えて、なんとなく気抜けしたように寂しさが漂った。

お佐紀はついおそめの名を呼ぼうとして、

（そうだ、江三郎親方のもとへ奉公に出たのだったわ）

と空ろな気持ちに落ちた。

「お佐紀、またおそめを思い出していましたか」

吉右衛門が帳簿の数字を追いながらお佐紀に声をかけた。

「旦那様、娘を嫁に出した母親の気持ちとはこのようなものでしょうか」

「はてな、女子の心持ちは分からぬでな。すぐに妹のおはつが来れば、そなたの気持ちも紛れましょう」

と主夫婦が会話するところに、おこんが新茶と茶請けの柏餅を運んできた。

そのあとに老分番頭の由蔵が従ってきて、昼下がり、主夫婦と茶を喫する魂胆のようだ。

二人ともそんなお佐紀の気持ちを察していたのだ。

「お内儀様、やはりお慣れになれませんか」

「おそめが奉公に出ただけでこのように気落ちするとは、思いもよらないことでした」

「無事、縫箔職人の家に馴染みましたかな」

と由蔵も言う。

新茶を喫し、柏餅をいただきながらの四方山話だ。

「おそめちゃんのことです。必ず職人衆に可愛がられておりますよ」

「おこんさん、私は密かに奉公の様子を窺いに行こうかと思うほどです」

「お佐紀、そなたにはほとほと呆れましたな。腹を痛めた娘でもないのに、そんな気持ちになるものですか」

　吉右衛門が呆れ、

「まあ、これに代わる薬は、旦那様のやや子をお産みになることです」

　と今津屋の老分番頭がここぞとばかりに催促した。

　商いは順調な今津屋だが、由蔵の悩みは吉右衛門に後継がいないことだ。

　由蔵としてはなんとか一日も早くお佐紀に子を産んでもらい、それも男子を授かるならば、

「今津屋も万々歳」

　と考えていた。

「老分さん、そればかりは授かりもの。そう焦らされても適いません」

　と顔を赤らめたお佐紀のかたわらでいなした吉右衛門が、

「それより、佐々木道場の道場開きの祝いをどうしたものでしょうかな」

　と話題を変えた。

　神保小路、通称神田三崎町の直心影流佐々木玲圓道場は門弟が増え、手狭になったこともあって増改築に踏み切ったのだ。

普請の開始は昨年秋のことだった。それが半年以上の期間を経て、完成も間近という知らせを受けていた。

「旦那様、それですよ。改築とは申せ、下手な屋敷を新築するより手間も費用もかかっております。なんぞうちも祝いを考えなければいけませぬな」

金子では芸がない、なんぞ後々の記念になるものはないかと、茶を喫しながら四人は話し合ったが、うまい考えは搾り出せなかった。

「佐々木先生は改築を機に、道場に名を付けられるお考えのようです」

と言い出したのはおこんだ。むろんこのような話の元は、夫婦になることを誓った坂崎磐音だ。

「道場に名とは、またどういうことです」

「先生は武の館として、名を付けたほうが門弟の間にも親しみが湧こうと考えられ、尚武の心を養う場という意味で、尚武館と名付けたいらしいのです」

「直心影流尚武館佐々木玲圓道場ですか。おおっ、これはあの建物に相応しき名ですよ」

と吉右衛門が言い、膝をぽーんと叩いて、

「おこん、老分さん、尚武館の扁額をうちで寄贈しませんか」

「扁額ですと」

「どなたかに雄渾(ゆうこん)な文字で尚武館と、檜(ひのき)の一枚板かなにかに書いてもらうのです」

「旦那様、それはよいお考えです。門弟衆はその額の文字を見ながら剣の道に志し、精進する。剣道場の祝いには、これにまさるものはありません。となれば、書家よりは玲圓先生所縁(ゆかり)のお方がよろしいでしょう。なにしろ幕閣の速水左近(はやみさこん)様など大勢の方とお知り合いですから、中にはうってつけの方もいらっしゃいましょう」

由蔵も賛同した。

「そうですな。佐々木玲圓先生のお人柄を承知の方に書いていただくのがなによりですな」

張り切る男二人に、おこんとお佐紀は顔を見合わせた。

「女衆(おんなし)は乗っていないようですな」

「いえ、旦那様。私もよろしきお考えかと存じます。ですが、これればかりは佐々木先生のお許しを得るのがまず先かと存じます」

とお佐紀が遠慮深げに言った。

「おこん、坂崎様はどうしておいでですな。このところうちにはご無沙汰で、お顔を見せられませんが」

と吉右衛門がおこんに質す。

「坂崎さんは道場開きの催しで頭が一杯のようで、師範の本多鐘四郎様方との打ち合わせに連日駆け回っておられます」

「道場開きの催しは決まりましたか」

「まさか芸人衆を呼んで、踊って祝うというわけにもいきますまいな」

吉右衛門の問いに、由蔵が応じて頭を捻った。

「老分さん、芝居小屋の柿落としではございません。道場らしく剣術の試合をして、お招きした方々にお見せするのだと、坂崎さん方は張り切っておいでです」

「ほう、佐々木道場門弟衆の東西戦ですかな」

「いえ、旦那様、佐々木道場の門弟ばかりではなく、江戸で名のある剣術道場に広く声をかけ、師範や高弟をお招きして対抗試合をするそうです」

「おこん、それはおもしろい。当代一の剣客を決する道場開きとなれば、私も見たいものです」

「旦那様は必ずお招きに与ります。改築資金の半分をお出しになったのですからな」

と由蔵も見物したい表情だ。

「おこん、試合に呼ばれる剣術家は何人ほどですか」

「佐々木道場では二十人ほどに絞りたいようですが、なかなか難しく、三十人は軽く超えそうだとか」

「江戸の腕自慢三十人に、佐々木道場の門弟衆が加わるのですな」

「佐々木先生も坂崎さんも外の方に花を持たせ、佐々木道場は裏方に徹するお考えのようですが、速水様方が、それでは主の役目は果たせぬ、佐々木道場も最強の門弟を選抜なされよ、と意気込んでおられるそうです」

「それは速水様のおっしゃることが正しい。剣術家の接待は剣の申し合いです、それを欠いては親切が仇になります」

と応えた吉右衛門が、

「坂崎様は確かに大変ですな。世話役もなされ、試合にも出ねばならぬとなるとな」

「ご当人は世話役に専念したいと繰り返しておりますが、どうなりますやら」

とおこんが困惑の表情を見せた。

「おこん、扁額の一件は、まず坂崎様に相談なされ。おお、そうじゃ、こういうことは時を逃すとよくない。慌しいが、そなたが今から神保小路に伺いに行きなされ。扁額に決まるとなると、書家を探す時間も要るでな」

と普段はおっとりとした吉右衛門がなぜか忙しなく急かした。

道場開きの剣術試合の話を聞いて上気したようだ。

「では夕餉前に道場を訪ねてみます」

とおこんが早々に立ち上がった。

おこんが佐々木道場を訪ねると、ほぼ改築を終えた道場に佐々木玲圓や速水左近がいて、床の硬さなどの具合などを確かめていた。そのかたわらには住み込み師範の本多鐘四郎や坂崎磐音ら門弟、それに大工の棟梁の銀五郎や職人衆など二十人ほどが従っていた。

新装なった道場で一日も早く稽古がしたいという喜びが、どの弟子たちの体からも満ち溢れていた。

おこんは日傘を玄関の式台前で窄め、道場の破風造りの屋根を眺め上げた。

左右均等に広げ、棟の高さも上げただけに、今までの屋根より堂々とした構えで、その曲線も美しく、大きさも二倍になった感じだ。

南側の壁の一部は神保小路に面しており、格子窓越しに通りから稽古が覗き見られるように造られていた。

「おこんさんだ」

でぶ軍鶏こと重富利次郎が叫び、皆が日向に立つおこんを振り返った。

絣木綿をきりりと着こなしたおこんが、窄めた日傘を手に庭の新緑を背景に立つ姿は、さながら一幅の絵だった。

「今小町のご到来だ。ささっ、どうぞ」

つかつかと玄関先まで出てきた鐘四郎がおこんに声をかけた。

「本多様、いつからそのようなお世辞を覚えられたんです」

「なんの、世辞などではないぞ。本心を申し述べただけじゃ。坂崎に用かな」

「はい」

おこんが素直に答え、

「ならば暫時待たれよ。いや、それよりよき機会ゆえ、道場を見ていってくれ」

とおこんを招じ上げようとした。

「佐々木先生に断りもなく、女の私が上がってよいものでしょうか」

おこんの当惑を察したように玲圓が、

「坂崎、おこんさんをこの場に」

と許しを与えた。

稽古着姿の磐音が、まだ鉋屑（かんなくず）が散らかる玄関式台にやってきて、

「おこんさん、先生の許しが出た」

と声をかけた。

「ただし、未だ造作中でな、足袋（たび）裏が汚れるやもしれぬ。脱ぐか、おこんさん」

「人前で素足など見せられるものですか。足袋裏が汚れるくらいなんともありません」

おこんは日傘を玄関の壁に立てかけると履物を脱いで揃（そろ）えた。

「佐々木先生、速水様、ご門弟衆、棟梁、ご苦労さまにございます」

おこんが挨拶（あいさつ）すると、道場の中に光が、
ぱあっ
と射し込んだように明るくなった。

「おこんさん、御用かな」

玲圓が訊く。

「まず坂崎さんにご相談して、その後、佐々木先生にお目にかかる手筈（てはず）でしたが」

おこんが困惑した様子で呟（つぶや）いた。

「相談とはなんだな、悪いことか」

磐音が促すように言う。

おこんが顔を横に振った。

「お祝いごとです」

「お祝いごとじゃと。なら、ここにおられるのは内々の方々ばかりゆえ、差し支えなければお話しなされ」

おこんは決心したように頷（うなず）き、

「本日は、主の今津屋吉右衛門の代理でお伺いいたしました。今津屋では、此度（こたび）の道場の改築祝いはなにがよかろうかと思案しております」

「建築の費（かかり）用の無理を願うた上に祝いとは、恐縮千万かな」

「先生、道場に新しい名をお付けになられるそうですね」

「聞いておったか。速水様方とも相談して、尚武館と名付けることにした」

おおっ！

と住み込みの若い門弟たちの間から歓声が上がった。

初めて聞くことだったからだ。

「直心影流尚武館佐々木玲圓道場か。その門弟となれば一段と格が上がったような気がするぞ」

と瘦せ軍鶏こと松平辰平が胸を張った。

「話の途中だ。辰平、黙っておれ」

と師範の鐘四郎に注意され、

「失礼しました」

と辰平が引き下がった。

「佐々木先生、今津屋の奥で思い付いたことにございます。差し出がましいとのお叱りを承知でご相談申します。先生、ご迷惑ならばそうおっしゃってくださいませ」

「おこんさん、今津屋の親切をたれが断ろう。気遣い無用、申されよ」

「主の吉右衛門は、尚武館の文字を佐々木道場に関わりのある方に揮毫していただき、それを檜の一枚板かなにかに彫り込んで扁額にしてはと考えております。

いかがにございましょうか」

「おおっ」

という驚きとも喜びともつかぬ声を洩らした玲圓が、剣友の速水左近を見た。

「玲圓どのもそこまでは考えが廻らなかったな」

「速水様、全く仰せのとおりにございます。尚武館の扁額とは、これは一本参った。道場の玄関上に尚武館の文字が掲げられたとき、辰平ではないが道場の格が一段上がること間違いなしじゃ」

玲圓は式台の梁に扁額を飾ることを考えたようだ。

「先生、お許しいただけますか」

「おこんさん、この玲圓、感激いたした。ご厚意、有難く頂戴する旨、今津屋どのに伝えてくれぬか」

「有難うございます」

と使いの役目を半ば果たし終えたおこんが、

「では、揮毫をどなた様にご依頼いたしましょうか」

と訊いた。

「速水様、このこと、どうしたものでしょうな」

「道場を象徴する扁額じゃ。しっかりと考える必要がござるぞ」

速水左近の返事に大きく頷いた玲圓が、

「おこんさん、二、三日、時を貸していただきたいと、今津屋どのに言伝してくれぬか」

「畏まりました」

おこんは大役を済ませた思いで胸を撫で下ろした。

その後、おこんは磐音の案内で、二百八十余畳に広げられた道場、見所、見所を挟んで一段高く設けられた幅一間の高床などを見物して回った。

高床は、稽古の合間の休憩や試合の見物席、さらには座禅の場にもと、用途広く使われるのだ。

さらに門弟たちの着替え部屋、師範らの控え部屋、来賓の控え座敷、武具を収容する部屋などを見て回った。どの部屋も新しい木の香がして気持ちがよかった。

「なんとも使い易そうね」

「玲圓先生と銀五郎親方が知恵を絞られたからな。このほか、厠と流しとがあり、大勢が使えるように工夫されておる。出来上がりが楽しみじゃ」

「あとどれほど日数がかかるの」

「親方は、手直しを含めて十五日あればよいと言うておられる。そこで道場開きの大試合は端午の節句明けの五月十日と決まった」

「じゃあ、あと二十日余りで道場開きね」

「そういうことじゃ」

磐音は道場の真ん中に立ち、その日の光景を思い描くように見回した。

「坂崎さんは試合には出るの」

「先生も速水様も、そなたが出ずにどうすると仰せじゃ。それがし、世話役に徹したいのだが」

「そうはいかないわ」

「おこんさんもそう思うか」

おこんが頷く。

「それがしは、このようなお祝いの場ゆえ、他道場の門弟衆を一人でも多くこの真新しい尚武館道場に立たせたいだけなのだ」

「武家の真の接待は、日頃の鍛錬を見せ合い、互いに競い合うことじゃないの」

「おこんさんもそう思われよう」

と二人の話を聞くともなく聞いていた鐘四郎が口を挟んだ。

「竹刀を持つと果敢の坂崎だが、こういう話になるとすぐに身を引きたがる。悪い癖じゃぞ。江都一の道場ができたのだ、門弟も江都一でなくてはなるまい。日頃の稽古の成果を存分に見せてやれ」

と鐘四郎が磐音を唆し、磐音が苦笑いした。

二

磐音は、おこんとともに佐々木道場から米沢町へと下った。

途中、柳原土手の、露天の古着市を通ったが、陽射しに飾られた衣類は木綿、絣と単衣物が多く、どことなく軽やかだった。

「お佐紀どのではないが、おそめちゃんは頑張っておるかのう」

「わが子のように心配かしら」

とおこんが日傘を傾けて磐音の顔を覗く。

「われらがそれだけおそめちゃんに馴染んでいたということかな。なんとなく寂しい気がいたす」

「磐音様、おこんにやや子ができましたと申し上げたら」

磐音が足を止めて、おこんの顔を見た。

「冗談よ。少し驚かしてみたかったの」

おこんも歩みを止めて磐音に言い返した。

「真かと一瞬喜んだぞ」

「まあ、驚かずに喜んだのね」

「それはそうだ」

「居眠り様、お内儀様がまず先よ。私たちはそれからだわ」

とおこんが日傘をくるくると回して歩き出した。

（確かに、われらより今津屋どのとお佐紀どのが先じゃな）

なによりも優先さるべきは今津屋だと思い直しておこんを追った。

今津屋の店内は、暖簾を下ろすのがあと半刻（一時間）ほどに迫り、込み合っていた。だが帳場格子の中には、大勢の奉公人を取り仕切る由蔵の姿はなかった。

由蔵に次ぐ立場の筆頭支配人の林蔵らは客の応対に追われていた。

おこんと磐音は三和土廊下に入り、奥へ向かった。三和土廊下はひんやりしており、西日の中を歩いて火照った二人の体を心地よく包み込んだ。

おこんは内玄関から上がり、磐音はさらに進んで台所の広い土間に出た。するとここでは一転、竈の火の熱で日向よりも暑かった。

板の間の大黒柱の前に初めて見る男がいて、由蔵と話していた。ここは竈の火の影響もなく、裏庭から夕風が吹き抜けていた。

「おおっ、参られましたな」

由蔵が定席へと手招きした。

「どなた様もお暑うござる」

磐音は腰の備前包平を抜くと板の間に上がった。

「おこんさんと会われましたな。で、玲圓先生には相談なされましたか。それでご返答はいかがにございますか」

と由蔵が矢継ぎ早に訊いた。

磐音は、由蔵の前に悠然と座る見知らぬ番頭風の客に会釈し、

「玲圓先生は、今津屋どののご厚意を有難く頂戴すると返事をなされました」

「よし。三次蔵さん、話が決まりましたぞ」

と見知らぬ客に由蔵が言い、客も、

「明日にも佐々木道場をお訪ねしたいと思います」

と返答した。

「坂崎様、霊岸島将監河岸の銘木屋飛驒屋さんの番頭、三次蔵さんですよ。うちとは昵懇の間柄でしてな、佐々木先生のご返事を待たずにちょいと相談いたしました」

「銘木屋と申されると、床柱などを扱われる商いですな」

と返事をする磐音に三次蔵が、

「いかにもさようでございます。本日、今津屋さんからお使いを貰い、飛んで参りました。大がかりな改築を佐々木玲圓先生の道場ではなされましたとか」

三次蔵の言葉に磐音は頷いた。

「お侍様、うちでは床柱、欄干の無垢板の他に、老舗の看板などに使う銘木銘板を揃えております。本日、老分さんから佐々木道場に相応しい扁額の銘板はないかとのご相談をいただきまして、先ほどからご注文を伺っているところにございます」

「おおっ、早、注文なされましたか」

「銘木銘板は、気に入ったものはなかなか手に入りません。そこで少しでも早めにと小僧を使いに出すと、番頭の三次蔵さん自らお出ましになったってわけですよ」

と由蔵が大袈裟に説明し、磬音もようやく得心した。

「佐々木道場では、扁額をどこへ据え付けようと考えておられますか」

三次蔵が磬音に訊いた。

「玄関式台上に、重々しき梁に囲まれた漆喰壁がござる。破風造りの屋根の真下、いわば道場の顔とも言うべき空間がございます。玲圓先生はただ今のところ、そこへ扁額を掲げようと考えておられるようです」

三次蔵が頷き、

「お侍様、明日にもその場所を下見させてもらってようございますか」

「不都合はござるまい。朝稽古の折り、それがしが先生には話を通しておこう」

「それでは私どもは稽古が終わった頃に道場をお訪ねし、佐々木先生の意向をお聞きして銘板を選ばせていただきます」

と請け合った。そこへ外着から普段着に着替えたおこんが姿を見せ、

「飛驒屋の番頭さん、いらっしゃいませ」

と三次蔵に挨拶した。

「おや、今小町のおこんさん、ますます美しさに磨きがかかりましたな。お顔が

神々しく輝いておられます。好きな殿御でもおできになりましたかな」

と商いが半分なって上機嫌の三次蔵が言葉を返し、さらに続けた。

「もっとも、おこんさんは数多の男衆を掻き分け掻き分けの暮らし、なかなか一人には絞りきれますまい」

「飛騨屋の番頭さんはなかなかの通の遊び人と評判のお方。そのような冗談口を方々で利かれるんですか」

と軽くいなし、夕餉の仕度を見るために女衆のところに戻った。

「三次蔵さん、公にはしておりませんが、おまえ様には言うておきましょう。おこんさんは、ゆくゆくはこちらの坂崎様と所帯を持つことになっております」

三次蔵が磐音の顔を見て、

「なんと、そのような大運を引き当てたお方が目の前におられましたか。うーん、こうやって見ると美男美女でございますな、老分さん」

三次蔵が由蔵に言いかけ、磐音が、

「美男美女はともかく、いささか薹が立っておるが」

と苦笑いした。

「あまり長居をしてはこちらの商売に差し障りがございましょう。私はこれで」

と三次蔵が立ち上がると、おこんが、

「今冷たいものを差し上げようと思いましたのに」

「いえ、十分に馳走(ちそう)になりました」

と三次蔵が如才なく返事をして、由蔵とおこんが見送りに立った。

磐音が待つまでもなく二人が戻ってきた。

「まさか、このように早手回しに事が進むとは思いもしませんでした」

「坂崎様、旦那様がなんとしても江都一の剣道場に相応しい扁額をと、銘木探しも指図されましたのでな、飛騨屋に声をかけました。飛騨屋ほど銘板を揃えている店は江戸にもございません。立派なものができますぞ」

「ちょうど速水様もおられて、有難く申し出を受けたい。ただ、尚武館の文字を揮毫する人物の人選はすぐには絞り切れぬご様子で、二、三日待ってくれとのことでした」

「そうでしょうとも。佐々木先生の周りには多彩な方々がおられますでな、あちらを立てればこちらが立たずと、玲圓先生もさぞ頭を悩まされましょう」

と満足そうな笑みを浮かべた。

「坂崎様、旦那様も玲圓先生のご返事を気にしておられます。本日は奥で夕餉をご一緒してください」

と言い残して由蔵は店に戻っていった。

今津屋はこの刻限から店仕舞いまでの四半刻(しはんとき)(三十分)、戦場のような忙しさに見舞われるのだ。

おこんが淹(い)れ立ての茶と、冷水で濡(ぬ)らし固く絞った手拭(てぬぐ)いを、

「お待たせしました」

と運んできた。

「それとも奥へ行く」

おこんが磐音に訊いたところに、汗をかいた友が台所に姿を見せた。小者(こもの)を連れた南町奉行所定廻(じょうまわ)り同心木下一郎太(きのしたいちろうた)だ。

「ご苦労さまにございます」

「町廻りに立ち寄ったにしては、遅い刻限ですね」

磐音の問いに一郎太が、

「ちとお知らせしたきことがありまして、八丁堀役宅に戻る前に立ち寄らせてもらいました」

と返事をした。

「なら木下様、夕餉をうちでなさっていかれませんか。ちょうど坂崎さんをお誘いしたところです」

「突然ですな」

「それとも、役宅にどなたかお待ちの方がおられますか」

「独り身の町方同心です。口煩（くちうるさ）い母上が同居しているだけです」

と苦笑いした。

「ならばご一緒に」

しばし考えた一郎太が、

「東吉（とうきち）、先に戻ってくれ」

と老練な小者に命じた。

「母上には、夕餉は今津屋様で馳走になるゆえ要らぬと伝えてくれ」

腰を折って頷いた東吉が台所の土間から姿を消した。

この宵、今津屋の奥座敷では主の吉右衛門、お佐紀夫婦に老分番頭の由蔵、磐音と一郎太が加わり、暑気払いの盃（さかずき）を酌み交わすことになった。

おこんに酌をされてひととおり酒が廻り、佐々木道場の扁額の話が一頻（ひとしき）り出た

ところで磐音が、

「木下どの。そういえば、なにか知らせたきことがあると言うておられたが」

「おおっ、お招きに与り、ついうっかりと大事なことを忘れていました」

と手にしていた盃を膳に置いた。

その様子に、磐音たちも酒を飲む手を休めた。御用のことだと思ったからだ。

「幕府では極秘にしていますが、佐渡の銀山で騒ぎがありました。この四月十二日のことです」

「銀山となれば、採掘の大工衆が騒ぎを起こしましたか」

と由蔵が問い返す。

佐渡相川の銀山では鉱脈を掘る男たちを、

「大工」

と称した。

金山で働く男たちは、金銀の採掘の代価に日当契約をした。採掘方の大工衆と、その精錬に従う寄勝場稼ぎとの二職に分かれた。

これら佐渡銀山の働き手は、五十年も前の享保十二年（一七二七）から度々、

「賃上げ」

を要求して騒ぎを起こしていたから、由蔵も承知していたのだ。

「両替屋行司の老分どのはなんでもご存じだ。仰るとおり、大工七百余人が米の値が高いと引き下げを要求して仕事に出なくなったのが発端です」

　近年、米の値が高騰していた。一升五十文から五十五文もして、江戸でも棒手振りなど日銭稼ぎの家計を苦しめていた。

「相川ではこの米が一升六十文もするそうで、大工は他所と同じ五十五文に値下げしろと仕事を放棄したのです、それも七百余人もです。こうなると銀山は動きを止めざるをえない。佐渡奉行は腹を切る覚悟で青い顔をしておりましょうし、銀山の採掘が止まるとなれば幕府の収入も大打撃です」

「このような話は、これまでも何回も聞きましたな。過酷な労働を強いられる場で米の値が他所より高いのでは、大工衆が怒るのも無理はございません」

　一郎太の話し相手はもっぱら由蔵だ。

　磐音は未だ一郎太の用がなにか推量できなかった。

「七百余人の大工たちは採掘場を離れ、近くの寺や神社などに立て籠もりました。江戸で度々繰り返される打ち毀しには発展しませんでしたが、米屋や商人衆は大工衆に炊き出しなどをして接待したようです。ともあれ佐渡奉行は鎮圧に苦慮して走り回り、なんとかその沈静化の目処をつけた。だが、それは新たな騒ぎの始まりでした」

一郎太を一座の者が見た。

「大工衆の仕事放棄も内密のことですが、これから話すことは、くれぐれもこの場の方々の胸に納めてください」

とさらに一郎太が念を押した。

「木下様、そなた様の面子を潰すような真似をこの場のたれ一人いたしませんぞ」

由蔵が代表して答え、一郎太が頷いた。

「ご時世でしょうか、江戸でも在所でも無法者が横行し、罪を犯す者が増えています。伝馬町の牢屋敷など外鞘に収牢しても、それでも足りません」

一同が頷く。

「われら、町奉行所の役人を悩ます一事があります。このところ再び罪を犯す者が急激に増えているのです。いくら刑罰を厳しくしても鼬ごっこ。幕閣でも頭を痛めておられます。追放の各刑罰を受けた浪人や町人は無宿の扱いを受けますが、無宿をよいことにさらに罪を重ねる者が跡を絶たない。奉行所の探索は後手後手に回っています」

深刻な話に一座は粛として声もない。

「だが、幕閣にも知恵のある方がおられましてな」

と一郎太が一転、語調を変えた。

「再び罪を犯すおそれのある者を佐渡の金山銀山送りにして、水替人足として使おうという策が浮上してきたそうです」

佐渡の金山銀山は坑内湧水が多く、坑道内に溜まった水を水上輪で汲み上げる必要があったのだ。

「江戸から遠い佐渡へ追い払おうというわけですか」

由蔵の言葉には、いささか非情ではないかという非難の響きがあった。

「老分どの、咎人を扱うわれらの士気が萎えるほど悪さをする者が増えているのです。致し方なき策かと思います」

「木下様、お上のお考えを非難する気持ちは、この由蔵には毛頭ございませんぞ」

と慌てて由蔵が言い訳した。

「咎人を佐渡へ送り込み、水替人足として働かせることが、江戸で犯罪を少なくする役に立つのかどうか、昨年の暮れから五人の無宿者が佐渡に送られました」

磐音らはようやく一郎太の不安を推測することができた。

「木下様、大工衆七百余人とともに五人の者が逃げたのですな」

「老分どの、そのとおりです」

「なんということが」

由蔵も一郎太の話に絶句した。

「五人の頭分は江戸無宿の庚申の仲蔵、同じく髪結の千太、野州無宿満五郎、浪人都築重次郎に、同じく浪人久保田幾馬だそうです」

「木下様、七百余人の大工衆の騒ぎは沈静化したと言われましたな」

「はい」

「五人はその中にいなかった」

「見付かりませんでした。五人は大工衆の仕事場放棄に従ったものの、すぐに一行と別れて山に入ったとか。騒ぎが静まった後、相川湊で一艘の漁師船が姿を消し、持ち主の一家五人が斬殺されているのが見付かりました」

「なんということ。江戸に舞い戻ったということはございますまいな」

「五人とも江戸に馴染みの者ゆえ、奴らが佐渡から島抜けして越後の海岸に辿り着けば、その可能性もあります。奉行所内では、すでに三国峠を越えて、関八州に入り込んだと言う方もおられます」

おこんは、磐音と過ごした野州と越州の国境の法師の湯の日々を思い出した。法師の湯のかたわらを、越後に向かう街道が走っていた。もし佐渡を抜けた五人が越後の浜に辿り着いたとしたら、三国峠を越えて、関八州入りしてもおかしくはない。

「江戸に入った形跡はあるのですか」

磐音が一郎太に訊いた。

「今のところありません」

お佐紀がほっとして息を吐いた。

「佐渡奉行は五人の逃走を知り、佐渡から越後の海に船を出したそうですが、五人が盗んだ漁師船を見付けることはできませんでした。むろん、江戸へ一番短い三国街道三国峠越えには厳しい網が張られました。また、江戸の四宿の大木戸には奴らの手配書きが廻っています。私は、庚申の仲蔵という老練な悪党に指揮された五人がばらばらに行動しているとも、いきなり三国峠を越えて関八州入りしたとも考えていません。仲蔵の調べ書きを奉行所で読みましたが、こやつがお白洲(す)でこれまで犯した罪のすべてを白状したとも思えない節があります。毒蛇のように狡猾(こうかつ)で慎重な男です。こやつが目指すのは間違いなく江戸です。だが、若い咎人が女恋しさに江戸に突っ走るような真似はしないでしょう。まず、上方筋かどこか地縁のなきところに逃げ込んで、ほとぼりを冷ます。江戸の警戒が解けたところで、姿を見せる、その隙(すき)を窺っているような気がします」

「なんという恐ろしいことが」

とお佐紀が呟いた。

「とにかく仲蔵ら五人組が捕縛されたという確実な知らせがあるまで、今津屋さんも用心してください」

これが一郎太の用事だった。

「木下どのは、五人組が未だ江戸入りはしておらぬと考えておられるのですね」

磐音が念を押した。

「五人が立ち寄りそうなところにはすでに見張りが張りついています。江戸入りしたら必ず分かります」

一郎太は言い切った。むろんこの場で話せない情報を握っているからの自信であろう。

「仲蔵らの江戸入りの兆候があれば、それがしがこちらに泊まり込みます」

　と磐音が請け合い、この話は終わった。

三

　磐音と一郎太が今津屋を辞去したのは、五つ半（午後九時）近くのことだった。

　磐音は八丁堀に戻る一郎太とともに米沢町から南へ江戸の町中を突っ切り、日本橋川の鎧ノ渡しに向かった。いつも渡る両国橋より二つ下流に架かる永代橋から長屋に戻ることにした。

「今津屋の皆さんを驚かしましたか」

　一郎太が気にした。

「いえ、危ない話は前もって知らされたほうが仕度もできます。今津屋は江戸有数の豪商、庚申の仲蔵が狙うてもなんら不思議はありません」

「仲蔵は、捕まれば獄門ということを重々承知です。となれば江戸で大金を握りたい。小銭稼ぎを繰り返す気はないでしょう。一度だけ大仕事をしのけて金を摑み、あとはひっそりと余生を過ごすと見ました」

「やはり話してもろうてよかった」

磐音が友の気遣いに感謝した。

夜に入って風がなくなり、澱んだ暑さが江戸に居座っていた。

二人は入堀を渡り、元吉原と芝居町の間をほぼ鎧ノ渡しに向かっていた。行く手の空に、
ぼおっ
とした炎が上がった。

「うーむ」

と一郎太が夜の町内を見回し、前帯に差した十手の柄に手をかけた。

「火事ですか」

「そのようです」

二人は炎に向かって走り出した。まだ江戸府内の木戸口が閉まるには半刻ほど間があった。

南町奉行所定廻り同心の木下一郎太は、夜空を焦がし始めた火元に向かって一気に走った。磐音が知らない路地だった。町廻りで培われた勘がその場へと急行させていた。

火は堀江六軒町と甚左衛門町の間から上がっていた。

二人の目に、お店の板壁を焦がして屋根に這い上ろうという炎が見えた。

「火事だ！」

一郎太が叫び、磐音も、

「火事じゃ！」

と叫びながら、天水溜を探した。

火事が頻発する江戸の八百八町の各町内には、天水溜と桶が用意されていた。

それを蠟問屋の軒下に見付けた二人は警告の声を発し続けながら、山形に積まれた桶を摑むと天水溜から水を汲み、炎に向かって走った。

磐音も一郎太も、軒下から屋根へと燃え移ろうとする炎にぶつけるように水をかけた。わずかに火の勢いが弱まった。その間にも、

「火事じゃ！」

と警告の叫びを発し続けた。

そのせいで寝入り端の町内のあちこちで起きだし、二人の消火に加わる者、自分の家族を起こす者、町内の火の見櫓に駆け上がり、半鐘を叩く者などが入り混じって騒然となった。

四半刻後、火が鎮まった。

一郎太と磐音が偶然にも早く気付いたことで、素早く消火活動に入ることができた。そのことと、現場が堀に近く、水が即座に確保できたことが幸運を呼んだのだ。

「一郎太、いかがした」

火事装束の小さな与力が一郎太に声をかけた。奉行所から駆け付けたらしい南町奉行所年番方与力の笹塚孫一だ。

「おおっ、そなたも一緒か」

笹塚が磐音に気付いて言った。

「そのほうら、えらく迅速ではないか」

「笹塚様、われらが火事の発見者にございます。付け火と思えますが、なにはともあれ小火で済んでようございました」

と一郎太がいささか得意げに仔細を報告した。

「うーむ、そのほうら、この刻限、この界隈におるとはどういうことか。近頃、元吉原で隠れ食売が評判になっておるというが、隠れ遊びの帰りか」

「笹塚様、そうではございません。今津屋で夕餉を馳走になり、鎧ノ渡しに出ようとしたところにございます」

「なんじゃ、そのようなことか」

と拍子抜けした体(てい)の笹塚が配下の一郎太に応じ、先ほどから一言も発しない磐音を見た。

磐音はごった返す火事場を見ていた。外に運び出した家財道具を家や長屋に戻す男、放心したように座り込む老婆など様々だ。

そのあいだを真っ先に駆け付けた町火消しが、他に火元はないかと警戒に当たっていた。

磐音は火元のお店、

「唐和(からわ)砂糖漬嵯峨(さが)一辰彦(いちたつひこ)」

の看板に目を移した。

金看板を炎が焦がし、煤(すす)で黒く染めていた。

「どうかいたしたか」

堀江六軒町は長さ二十三間半の片側町だ。江戸が造られた当初は武家地であったせいか、道幅三間とそれなりにあった。このことが消火活動を助けたのだ。

「いえ、この家の者はどこにおるのかと、最前から探しておりました」

「うーむ」

笹塚が訝しげな声を洩らし、一郎太の体に緊張が走った。

「一郎太、火元というに、戸が閉まったままではないか」

表戸はしっかりと閉じられたままだ。そこは炎が上がった場所に近く、裏口からでも家人、奉公人は逃げたかと一郎太は考えていた。だが、あまりにも火元の家はひっそりとしていた。

唐ものの和ものの砂糖を扱う砂糖漬には、磐音も馴染みがなかった。江戸時代も後期になると貴重な砂糖がだんだんと庶民の間にもいきわたるようになり、嵯峨一は砂糖を使った菓子舗として名が知られていた。

店の間口はそれほど広くはない、四間半ほどか。

一郎太が、

「嵯峨一の奉公人、家族の者はおるか！」

と叫んで問うたが、だれも名乗り出る者はいなかった。

一郎太が表戸に切り込まれた潜り戸に手をかけると、

すうっ

と手前に開かれた。戸締りがされていないのだ。

「たれか提灯（ちょうちん）を貸してくれ」

と一郎太が駆け付けた南町の同僚に言い、見習い同心が、

「木下様、これを」

と御用提灯を差し出した。

提灯を手にした一郎太が中に入るとすぐに咳（せ）き込む声が聞こえてきた。煙が中に充満しているのか、潜り戸から黒い煙がもくもくと流れ出た。すぐに一郎太も飛び出てきて、

「け、煙でなにも見えねえや。煙を外に出すのが先だぜ」

と叫んだ。

磐音も手伝い、表戸を二枚ほど開けた。黒々とした煙が一頻り流れ出ると、ようやくそれも薄れていった。

改めて一郎太と見習い同心が店に入り、提灯を手に動き回っていたが、

「笹塚様」

という一郎太の切迫した声が奥から聞こえてきた。

笹塚が、

「そなたも同道せよ」

と磬音に言うと、配下の者に、

「嵯峨一の表と裏に見張りを立てよ」

と命じた。

笹塚と磬音は店へ入った。土間から板の間にかけて品物が並び、甘い砂糖漬が煙に燻（いぶ）されて焦げた臭（にお）いを発していた。

一郎太らの姿は店先にはなく、奥でちらちらと提灯の明かりが動いていた。

笹塚と磬音は土足のまま奥へ進んだ。

狭い階段下から奥へ半間の廊下が伸びていた。

一郎太が背を向けてしゃがみ、見習い同心が今にも吐きそうな顔でそのかたわらに立っていた。

「一郎太、いかがいたした」

笹塚が見習い同心を睨（にら）み付けながら訊いた直後、見習い同心が表に飛び出していった。気分が悪くなったのであろう。

一郎太が、しゃがんだまま身の構えを変えた。すると笹塚と磬音の目に、両眼を剥（む）いて倒れている番頭風の男が見えた。顔には苦悶（くもん）の表情を残し、胸元は血塗（ちまみ）れだ。

「死んでおるのか」

「心臓近くを何度も刺されております。即死に近うございましょう」

「押し込んで殺した上に火付けか」

「笹塚様、押し込みにしては刻限が早くございませぬか」

「火が出たのは四つ（午後十時）前か」

「間違いございません」

「この家の他の者はいかがいたした」

笹塚の問いに一郎太が立ち上がり、奥へと向かった。むろん家人たちの悲劇を想定してのことだ。

笹塚も磐音もあとに従った。

嵯峨一は間口四間半、奥行き十一間の、さほど大きな店ではなかった。だが、普請もしっかりとして、坪庭もなかなか凝った造りだった。

二階は店の上だけで、奉公人の住まいだった。家族は奥六畳二間と三畳の三部屋に居住しているようだった。だが、どこにも家族の姿はなく、小僧一人いなかった。

殺されて見付かったのは番頭のようだ。

「嵯峨一の家族と奉公人はどこへ行ったのじゃ」

土間に戻った笹塚が陣笠を乗せた大頭を振り立てて、一郎太に訊いた。

「はて」

と訝しげな顔をして一郎太が表に飛び出していき、同輩の者に何事か頼んでいた。それからしばらくして一郎太が町役らしい男を伴い、土間に戻ってきた。

「堀江六軒町の町役人、七兵衛（しちべえ）にございます」

一郎太が笹塚に復命した。

「ちと訊きたい。嵯峨一の家族、奉公人はどこへ行った」

「法事で昨日から鶴見（つるみ）宿総持寺に出かけて、番頭の長右衛門（ちょうえもん）さんだけが留守をしているはずです。どこぞにおりませんか」

「七兵衛、長右衛門かどうか確かめてくれ」

一郎太に伴われ、七兵衛が奥に向かった。その直後、

ぎゃあっ

と悲鳴が響き、

「ち、長右衛門さんが殺された」

と言いながら、七兵衛が引き攣（つ）った顔で蹌踉（そうろう）と戻ってきた。

「長右衛門に間違いないか」

「ま、間違いございません」

その返事を聞いた笹塚が、

「一郎太、町内の番小屋に関わりの者を集めろ。事情を質す」

と命じた。

磐音は笹塚に、深川に戻ることを告げようとした。もはや南町奉行所の探索方が動く話だ。素人の磐音がいる理由はなかった。それに明日は早かった。

その機先を制するように笹塚が言った。

「坂崎、行きがかりじゃ、もうしばらく付き合え」

「それがし、南町の者ではございませぬ。それに明朝早く……」

「鰻割きの仕事が待っておると申すか。宮戸川には鰻を割く職人は他にもおろう。人ひとりが殺されたのだぞ」

有無を言わせず町内の番屋に連れて行かれた。

四半刻後、堀江六軒町の町役人、嵯峨一の両隣のお店の番頭が集められた。

「嵯峨一の法事は前々から決まっていたことか」

「私どもが知ったのはつい数日前のことでございます」

と町役の一人が答えた。

「奉公人まで連れて行くとは、嵯峨一の主は信心深いのう。それにしてもなぜ番頭の長右衛門一人が店に残ったのだ」

笹塚の問いは、ただの火付け強盗ではないことを示していた。

「なんぞ承知の者はおらぬか。また、今宵、なんぞ気付いた者はおらぬか」

嵯峨一の左隣の蠟問屋の番頭仁蔵が、

「関わりがあるかどうか分かりませんが、よろしいので」

「話してみよ」

「嵯峨一さんは、京で修業を積まれた先代が亡くなった後、娘婿の当代が二代目を継がれましたんで。先代の頃は砂糖漬が珍しいこともございましたし、なにより味がいいてんで、贔屓の客もございました。芝居町の茶屋なんぞが上客に配ったりするもので、なかなか繁盛していましたが、当代になって味が落ちたと悪い噂が流れておりましてな。事実、客もめっきり減りました。そんなこんなで身売りの話がちらほらと出ておりましたんで」

「仁蔵さん、私も聞きましたよ」

と嵯峨一とは路地を挟んで右隣の絵草子屋の番頭佳兵衛が言い出した。

「なんでも、番頭の長右衛門さんが居抜きで譲り受ける話がほぼ決まっていたということですがな」

「待て、番頭がお店を買うと申すか」

番頭が暖簾分けをしてもらい、店を出すという話は聞くが、左前になった主家を買い取るというのは滅多にない話だ。

「おれも聞いたぜ」

と言い出したのは町役の一人で、親仁橋(おやじばし)の袂(たもと)の蟹床(かにどこ)の主藤吉(とうきち)だ。

「長右衛門さんはうちの客だ。嵯峨一の当代の主の辰彦さんはなにしろ商いに熱心じゃない。味は落ちるわ、客足は絶えるわで、どうにも足掻(あが)きがとれないという話だぜ。長右衛門さんの話だと、味さえ元に戻せば客は戻ってくるというんだがね」

藤吉が首を捻(ひね)った。

一旦傾きかけた商いだ、そう簡単に客足が戻るわけもあるまいが、という表情だ。

「嵯峨一の当代が商いに熱心ではないのは、女狂いか博奕(ばくち)狂いか」

「お役人、そうじゃないんで。二代目の辰彦旦那は信心狂いなんで」

「なに、信心に狂うたと申すか」

「へえっ、下渋谷村の宝泉寺近くに、女教祖が立てた商売繁盛の金毘(こんぴ)教とかいう神信心があるそうでさ。水っぽい女教祖にのめり込んで、商いをないがしろにした報いだぜ。だからよ、鶴見の総持寺で先祖の大法要なんて眉唾(まゆつば)だぜ。奉公人も、法事に行ったんじゃねえ、辞めさせられたんじゃねえかね」

と藤吉親方が言い放った。

うーむ

と唸(うな)った笹塚が、

「番頭の長右衛門は四十前後か」

「へえっ、確か三十九だと思ったがな」

「先代から奉公して二十五、六年か。よう主家を買い取る金子を持ち合わせていたな」

「なんでも金主がついているそうなんで」

しばし考えた笹塚が頷き、

「およその事情は分かった。ご苦労であった」

と町役人などを番屋から帰した。

「一郎太、ただの火付けと殺しではなさそうじゃ。殺された長右衛門も、忠義一筋の番頭とも思えぬ。主の嵯峨一一家の行方を追えば、火付けの謎も長右衛門殺しの下手人もはっきりしよう」

と明日からの探索を命じた。

「笹塚様、それがしはこれで失礼させていただきます」

番屋の隅に控えていた磐音が言うと、

「おおっ、まだおったか」

と惚けたことを言い、

「此度はどうもそなたの出番はなさそうだな」

と言い足した。

酷い目に遭うたぞ、と磐音は早々に番屋を引き上げようとした。すると笹塚が、

「一郎太、親仁橋の袂に御用船を待たせておる。居眠りどのの足を引きとめた償いじゃ、送って参れ」

と命じる声がした。

「はっ、畏まりました」

一郎太が張り切り、断りの言葉を口にしようという磐音に目配せして、

「ささっ、参りましょう」

と笹塚の気が変わらぬうちに磐音を親仁橋まで連れて行った。

「坂崎さん、遅くまで引き止めましたね」

「元はといえば、今津屋の夕餉が火付けの現場に私たちを導いたのです。火事の被害が大きくならなかったと思えば、お互い救われます」

二人を乗せた御用船は思案橋下を潜って日本橋川に出た。

船頭は奉行所の小者だ。分を知っており、差し出口など利く気配もない。

一郎太が深川六間堀と命じると、

「へえ」

と短く請け合い、あとは櫓の操作に専念していた。

「嵯峨一の砂糖漬は母上が好きな甘味でしてね、その母上が近頃の嵯峨一の砂糖漬はただ甘いばかりで品がないと洩らすのを覚えておりました。今宵の話を聞いて、客の舌は正直で怖いと思いましたよ」

「商人や職人が、木下どのの母御のような客を裏切ってはいけませんね」

二人で言い交わしながら日本橋川から大川へと出た。期せずして二人の胸中に

あったのは、今宵の火付けと殺しには、
「嵯峨一の主一家が間違いなく関わっている」
という疑いであった。

四

翌朝、磐音は宮戸川の鰻割きの仕事を終えると、丹波亀山藩の松平家の道場へと急行し、いつものように稽古をした。

松平家の上屋敷道場での稽古もあと十日余りで終わる。道場にはそんな名残りを惜しむかのように、松平家の家臣たちの姿が多く見られた。

元々文武両道に勤しむ藩風の松平家だ。一旦火が点けば手を抜くことなく稽古に打ち込み、今では佐々木道場の門弟たちと遜色がない。

佐々木玲圓道場の改築が終わり、記念の大試合が行われるに際して、家臣の一人を選抜して出場することが決まっていた。

玲圓と松平佐渡守信直が話し合い、決まったことだ。それほどに、松平家の家臣たちはこの半年余りの間に腕を上げていた。信直は、
「佐々木先生、わが藩の道場をお貸しした礼としての出場ならば、新しき尚武館

道場の柿落としに泥を塗ることになろう。信直の家臣一人だけが格段に技量が落ちるようであれば、予は、ちと心苦しい」

と遠慮するふうを見せた。

「信直様、松平家は武に熱心なご家来衆が多い上、わが門弟たちとの合同稽古で格段に腕を上げられました。佐々木玲圓、松平家に義理を立てて参加を願うたのではございませんぞ。玲圓の目、信用いただきたい」

「さようか、それならば喜ばしい」

この話があって後、松平家家臣の大試合出場の話が屋敷内に流れ、弥が上にも朝稽古に熱が入った。そのせいで磐音や師範の本多鐘四郎などは松平家の家臣の相手を次々に受けて、休む暇もないほどだ。

いつしか昼の九つ（正午）の刻限になっていたらしい。

改築中の道場から使いが来て、速水左近も銘木問屋飛驒屋の番頭もすでに姿を見せているという知らせが入った。

玲圓と磐音は早々に稽古を打ち切り、稽古着のまま松平家の道場から佐々木道場に戻ることにした。

今日も雲ひとつない上天気で気温もかなり上がっていた。

武家地を歩く二人の影がくっきりと足元に刻まれていた。

「先生、松平様のご家臣方は腕を上げられましたね」

「元々文武に熱心な藩ゆえ、呑み込みが早い」

「たれが選ばれても、大試合ではよきところまで勝ち上がられましょう」

「信直様は心中、密かに願うておられる」

と答えた玲圓が、

「坂崎、そなた、肚が定まらぬようだな」

「我儘とは承知しておりますが、柿落としの大試合、世話役に回りたいと考えております」

「そなたの気持ちも分からぬではないが、そなたが出ぬでは、招聘した出場の方々にも礼を欠こう。剣術家は剣技で挨拶し、礼を述べるのが第一じゃ。そなたが勝ちを得たとて非礼にはならぬ。また、そなたが勝ちを得る保証はどこにもない」

「先生、それは重々承知しております。それがし、柿落としの行事を恙無く終わらせたいと考えているだけです」

「ならば出よ。これは師の命である」

「はっ」

玲圓の厳しい命に、磐音は畏まって受けるしか手はない。

「よいか、坂崎。過剰な遠慮は時に非礼とも受け取られかねぬ。そなたは、もそっと大らかに生きよ」

「ご忠告、肝に銘じます」

佐々木道場の門を師弟が潜ると、玄関前の速水左近と飛驒屋の番頭の三次蔵がいて、何事か話し合っていた。

「ご両者、お待たせして申し訳ござらぬ」

玲圓の言葉に振り返った二人が会釈をして、

「道場から駆け付けられたか。玲圓どの、慌てさせましたかな」

と剣友にして将軍家の御側御用取次という、近習でも筆頭職の速水が玲圓に言葉を返した。

「暑き中、速水様にはご足労願いました」

「なんの、尚武館道場普請の詰め、ここで手を抜いてはすべてが水の泡じゃからな」

と笑みを浮かべた速水が、

「江都でも知られた銘木屋の番頭が、佐々木道場の改築に驚いておるわ。それがしが参る前から道場の内外を見て回り、感嘆の声を上げておった」

さもあらん、という得意げな顔で速水が披露した。

「世辞ではございません。私、神保小路に上がって参るまで、これほど大掛かりなご普請とは考えてもおりませんでした。扁額の板も負けてはおられません」

三次蔵も張り切っている。

「あそこに掛けるとなれば、幅五尺、いや一間はありませんと、玄関に位負けしましょう」

「三次蔵どの、手持ちの板で相応しきものがござろうか」

磐音が訊いた。

「坂崎様、うちも江戸で銘木屋の看板を掲げて百数十年の店にございます。先代、先々代と買い集めた銘木はわが国で産したものばかりか、唐木を含めてそこそこございます。この道場の顔として相応しい扁額の板の二つ三つ、すでに頭に浮かんでおります」

三次蔵が自信を見せた。

唐木とは、唐(から)、天竺(てんじく)、シャムなどからの輸入材である紫檀(したん)、黒檀(こくたん)、白檀(びゃくだん)、鉄刀木(たがやさん)、花梨(かりん)などをいう。

「番頭、あまり値が張るものでは、当方、支払いきれぬぞ」

と玲圓は慌てて釘(くぎ)を刺した。

「佐々木先生、こちらには今津屋さんが控えておられます」

「それが困るのじゃ。今津屋どのには度重なる恩を受けておる。これ以上の無心はできぬ」

「この際、そのことは置いておかれませんか」

「番頭、それはならぬ」

と玲圓も頑張る。

「佐々木先生、この三次蔵の話、しばしお聞きくださいませ」

「おおっ、それがし、そなたの話の矛先を奪うておったか」

と玲圓が冷静に立ち返った。

「私、ちと早く道場に到着しましたので、棟梁に断り、ご改築中の道場の内外を見せていただきました。すると裏庭でちと気になるものを見付けました」

三次蔵は不思議なことを言い出した。

「銘木と申すもの、欅(けやき)、楓(かえで)、楢(なら)、桑(くわ)、橡(とち)、谷地(やち)だもなど、いろいろございます。

このような木には、縮緬杢(ちりめんもく)、縮み杢、葡萄(ぶどう)杢、鳥眼(ちょうがん)杢、虎斑(とらふ)など木理(きめ)文様が浮かぶ性質がございます」

と説明した三次蔵が、

「皆様、日盛りですがちとご足労くださいませ」

と速水、玲圓、そして、磐音の三人を道場の母屋とは反対の庭へ誘(いざな)った。

佐々木家は元々幕臣で、この敷地も幕府からの拝領地だった。

その佐々木家がなぜ直参旗本を辞したのか、もはやだれも真相を知らなかった。だが、今も幕府と親密な繋(つな)がりを持っていることは、先の日光社参に際し、将軍家治の意を受け、次期将軍候補家基の日光密行に玲圓が同道したことでも分かる。

徳川将軍家と佐々木家、密なる信頼関係で結ばれているのだ。

その証(あかし)の一つが、直参旗本を辞したにも拘(かかわ)らず、拝領屋敷が下げ渡され、佐々木家の所有となった事実だ。ために佐々木家の敷地は四百数十坪もあった。

その庭の一角に、過日地中から掘り出された大甕(おおがめ)の残骸(ざんがい)が転がっていた。

大甕から出てきた二振りの太刀(たち)は、御家人にして当代有数の研ぎ師、天神鬚(てんじんひげ)の百助(ももすけ)と称される鵜飼(うかい)百助が研ぎ修復の工夫を思案中であった。

「三次蔵どの、なんぞそなたの興味を引くものがござったかな」

磐音は三次蔵がなにを考えてのことか、推量できぬままに訊いた。

「棟梁から、お屋敷の土台石付近の地中からあちらの大甕が掘り出されたと聞きました」

「いかにもさよう」

と磐音が答えたところへ、棟梁の銀五郎親方が姿を見せた。

「親方、この木陰に積んである板も地中から出てきたのですね」

と三次蔵が銀五郎に訊いた。

それは泥に塗れた長さ一間半、幅二尺ほどのぼろ板だった。厚みは泥で隠されているが、二寸はあろうか。

「番頭さん、最前も言ったが、大甕が出てきた後に掘り出された板だ。その昔、水止めの板壁などに使われていたか、或いは地震かなにかで崩落した建材が地中に長いこと埋もれたか。とにかく地中に何百年も埋もれていたことは確かだぜ。おれが見るところ、使いもんにはならねえと思うがねえ」

銀五郎も頭を捻った。

「親方、銘木に埋もれ木というものがございます。駿河(するが)、京、若狭(わかさ)辺りでよく掘り出されます。長いこと土中に埋もれていたせいで、木肌が褐色や黒色に変じます」

「これがそうだというのかい」

「親方、埋もれ木の中で有名なものは神代杉(じんだいすぎ)にございますよ。この板を弄(いじ)らせてもらってようございますか」

「道場の敷地から出てきたものだ。佐々木先生が承知なら、おれが口出しできる筋じゃねえ」

と銀五郎は訝しそうな表情で泥板を見た。

「先生、速水様。この埋もれ木は、欅の古木から切り出されたものと推測いたします」

三次蔵は夏羽織の裾(すそ)が汚れるのも構わず、その場に座り込み、泥が薄い箇所をさらに素手で刮(こそ)げ取った。すると板の表面がうっすらと姿を見せた。

だが、磐音らにはただのぼろ板にしか見えなかった。

「これを店に持ち帰り、洗い直して磨きをかけてみたいと存じます。この三次蔵の眼力が正しければ、尚武館道場にまたとなき顔となりますよ」

「なんと、わが敷地にそのようなお宝が眠っておったか」

「佐々木先生、素人衆から見れば腐れ板にしか見えますまい。ですが、これは銘木にございます。磨けば、表面にちと黒みがかった飴色の木理が姿を見せます」

と三次蔵が言い切った。

「なんということじゃ」

玲圓が驚きの表情で絶句した。

「ただしこのような埋もれ木には、直に墨字を書くとはっきりいたしません。そこで木肌の美しさと色合いを生かし、尚武館の文字が浮き上がるように彫り込めば、なににもまして素晴らしい扁額となりましょう」

「細工に時間がかかるかな」

「銘木に直接字を書くより時間はかかりますが、風合いと格が一段と増すのは請け合いです」

うーむと唸った玲圓に速水が言う。

「先には太刀、此度は銘木と次々に現れるとは、佐々木道場の瑞兆間違いなし」

「番頭さん、まさかこれがそんなお宝かねえ」

銀五郎が三次蔵のかたわらに座り込み、泥をさらに刮げ取った。

「番頭さん、水をかけてもいいかい」

「一部分なら構いません。あとは店に戻り、手入れしますでな」

三次蔵の返答を聞いた銀五郎が、

「おい、井戸から二、三杯水を汲んでこい」

と職人に命じた。たちまち桶に水が運ばれてきて、夏羽織と半纏を脱いだ二人が板の一部を丁寧に洗い流した。すると光沢のある欅の一部が覗いた。

「なんとのう。番頭の眼力が正しければ、扁額の板としてこれ以上のものはあるまい」

速水も唸った。

「速水様、佐々木先生、楽しみにお待ちください。書体さえいただければ、飛騨屋の職人が類稀な銘板の扁額に仕立て上げてご覧に入れますよ」

と三次蔵が胸を張って立ち上がった。

「番頭さん、えらい啖呵を切ってしまい、棟梁だなんて威張ってるおれが恥ずかしいぜ。こんな宝を見落としていたんだからな」

「餅は餅屋でございますよ、棟梁」

「詫びの印に、霊岸島までうちの職人に運ばせるぜ」

と銀五郎が請け合い、銘板選びは意外な展開で終わりを告げた。

「驚きましたな」

佐々木家のいつもの居間に、主の玲圓、速水左近、磐音、それに本多鐘四郎らが集まり、まだ驚きの色を隠せない様子で話し合っていた。

「此度の普請では驚くことばかりです。扁額にどれほどの金子を用意すればよいかと思うておりましたが、地中から貰い物をしました」

「玲圓どの、銘木なるもの、時に家一軒建てるほど値の張るものもあるという。それが埋もれ木の欅とはなんとも凄い」

「いやはや驚きました」

「となると、あとは揮毫を願うお方だけですか」

磐音が速水と玲圓の会話に加わった。

「そのことじゃ。玲圓どのと話し合うたが、わが身辺となると、あちらを立てればこちらが立たずと難しい。そこでふと思いついたのが、東叡山寛永寺円頓院の座主天慧師じゃ。座主とはそれがし、いささか知己を得ておる。天慧師はまた名代の書家として知られたお方じゃ。そこでな、天慧師に願うことで玲圓どのと意見が合うた」

「何百年も地中に埋もれていた欅の古木に寛永寺座主の揮毫ですか。非の打ちどころがございませぬ」

「これで楽しゅうなったな」

と速水が笑みを浮かべた。


その翌朝のことだ。

磐音が宮戸川でいつものように鰻割きの仕事をしていると、木下一郎太が額に汗をかいて姿を見せた。目がしばしばしているところを見ると徹夜明けか。

鰻はほぼ割き終わっていた。

「報告に参りました」

「木下どの、それがし、そなたの上役ではございませんぞ」

「とは申せ、先頃、砂糖漬の嵯峨一の火付けの一件では迷惑をかけましたからね」

と一郎太が言い、鉄五郎（てつごろう）親方が、

「木下の旦那、うちの二階座敷を使いなせえ。いくらか風が通りますぜ」

磐音は井戸端で手足を洗い、前掛けを外して、すでに二階座敷に上がった一郎

太のところに行った。

「嵯峨一の番頭長右衛門を殺し、店に火を付けたのは、やはり嵯峨一の主の辰彦に間違いありません」

「やはりそうでしたか」

「下渋谷村の金毘院の裏山で、女房のお繁、娘のかつらを刺し殺し、自らも松の枝に首を括っているのが見付かりました。金毘教の女教祖如月庵慕慧に言い残したところによると、商いが左前になったのは自分の責任である。だが、その一端は番頭の長右衛門にある。なぜならば、せっせと売り上げをくすねて、店に大穴を開けたからだと切々と訴えたそうです。慕慧という女教祖の証言はあまり当てにはなりませんが、辰彦め、書き付けを残しておりましてね、まあ、慕慧に訴えたこととおよそのところでは一致しました」

「主が番頭を殺して火を付けましたか」

「店を買い取ると約定していたのは同業の室町の菓子輔、甘味吉野でしてね、長右衛門が最初に奉公していた店です。長右衛門は甘味吉野を表に立てていましたが、実際嵯峨一を買い取るのは長右衛門自身でした。甘味吉野の主も名を貸しただけだと証言しています」

「腹黒い番頭に店を乗っ取られようとして錯乱しましたか」

「そんな番頭に店を渡したくなかったんでしょうね。とにかくある夜、主と番頭は店の売買の残金のことで会った様子なのです。長右衛門は甘味吉野の代理人という装いだったようです。その場でどのような会話があったか、二人とも死んでいるので分かりません。主の辰彦が店の金子をくすねたと番頭の長右衛門を罵(ののし)ったか、あるいは長右衛門が買取りの張本人と気付いた辰彦がそのことを責めたか。ともあれ諍(いさか)いになって、辰彦は用意していた女物の短刀で滅多突きした。長右衛門は辰彦がそこまでやるとは考えてもいなかったのでしょう、油断していたところをやられた。長右衛門を殺した凶器の短刀で、辰彦は、女房と娘を刺して自らも首を括った。慕慧ですか。嵯峨一の店の売り上げ金の一部はすでに辰彦に渡っているはずなんですが、その金がどこにも見当たりません。ただ今奉行所に呼ばれて、その調べが行われています」

「主従が争うとはなんということでしょうな」

「こんな結末がわれらには一番堪(こた)えます。推論でしか調べ書きを作れません。人ひとりが死ぬというのはよくせきのことです。此度の騒ぎで四人が命をなくしています。われらは辰彦の口から直に聞きたかった」

と一郎太が言ったとき、宮戸川の女将（おかみ）のおさよが膳を二つ運んできた。

「女将さん、相すまぬ。それがしが朝餉抜きとよく分かりましたね」

「木下様のお顔には、御用のことで夜っぴて走り回ったと書いてございますよ。朝餉どころではございますまい」

「馳走（ちそう）になります」

磐音と一郎太は六間堀の河端に植えられた柳を掠（かす）めて飛ぶ燕（つばめ）を見ながら、好意の朝餉を黙々と食した。

第二章　不覚なり、磐音

一

神保小路では佐々木道場の改築完成が間近に迫り、銀五郎親方らは細かな手直しなどに追われていた。住み込み師範の本多鐘四郎ら門弟衆は朝稽古(げいこ)が終わると、丹波亀山藩松平家の上屋敷道場の掃除を念入りにして、返納する日を待ち受けていた。

そんなある日、江戸には珍しく激しい雨が半刻(はんとき)（一時間）も降り続いた。ちょうど朝稽古の最中で、道場の中が暗く沈んだほどだ。だがその雨が、来たとき同様突然上がると、江戸の町は埃(ほこり)、塵芥(ちりあくた)、馬糞(ばふん)などがすっかり洗い流され、清々(すがすが)しい表情を見せた。一方で陽(ひ)の光が強さを増して、一段と気温が上がる様子もあった。

この日、磐音は雨が上がった刻限に稽古をやめた。すると鐘四郎が、

「お供を頼むぞ」

と磐音に声をかけた。

道場開きの行事を務め終えると、本多鐘四郎は佐々木道場の師範の役から少しずつ手を引くことが決まっていた。

この秋には西の丸奉公の御納戸組頭依田新左衛門の息女お市と祝言を挙げることが決まっていたからだ。

当然、義父新左衛門の役職を継いで家基の家臣団に加わることとなる。となれば住み込みで師範を務めるような気儘は適わなかった。

玲圓は当分師範を置かぬ方針を打ち出し、磐音や古参の門弟たちに鐘四郎の代役を命じていた。そんなわけで、玲圓の御用の代役やお供を磐音が務めることが多くなっていた。

磐音は雨で清々しく洗われた佐々木道場の井戸端で稽古の汗を流し、固く絞った手拭いで全身を拭い上げた。

ちょっと時刻は早い昼餉の冷麦を玲圓と差し向かいで食し、着替えを始め

た。

前もっておこんが用意して届けてくれた夏小袖に仙台平の袴、羽織を着た磐音は、佐々木家の内玄関に下りた。しばらくすると、

「待たせたな」

玲圓と内儀のおえいが姿を見せた。

玲圓も紋付羽織袴の正装だ。

「じりじりと暑くなりそうです。お気をつけください」

おえいの手には、竹で編んで漆をかけた塗り笠があった。玲圓は笠を被り、

「参ろうか。ちょうどよき刻限に上野の山に到着いたそう」

と磐音に声をかけると歩き出した。

一歩遅れて磐音が従った。

佐々木道場の玄関先では、鐘四郎や松平辰平ら若い住み込み門弟たちがいつものように改築工事を見ていたが、

「ご苦労さまにございます」

「いってらっしゃいませ」

と二人に声をかけた。そして、鐘四郎がわざわざ磐音の傍に来て、

「頼むぞ」

と言葉を重ねた。

「師範の代理、なんとか務めます」

「すまぬな」

鐘四郎らに見送られて玲圓と磐音は神保小路に出た。すると屋敷町の間に延びる道に陽炎が立っていた。

ちりちりと脳天を焼くような炎暑だが、武家が影を追って歩く真似などできない。小路の真ん中を二人は堂々と肩を並べるように進んだ。

表猿楽町まで武家地を下り、駿河台下を神田川の昌平橋へと向かう。

途中、知己の蘭方医中川淳庵が奉公する若狭小浜藩の上屋敷前を通ることになる。

その門前に差しかかるとちょうど主が城下がりでもしてきたか、酒井家の家紋入りの乗り物が、大きく開かれた表門に到着したところであった。

玲圓と磐音は行列が邸内に消えるのを、向き合った丹波篠山藩の屋敷門脇で待つことにした。すると一旦敷地に入りかけた乗り物が止まり、近習が呼ばれ、その者がなんと二人のところに小走りに寄ってきた。

「佐々木玲圓先生でございますな」

「いかにも佐々木にござる」

「わが主酒井忠貫が、お目にかかりたいと申しております」

「修理大夫様のお呼びとな」

　と返事した玲圓が、

「ただ今」

　と頭の塗り笠の紐を解き、磐音が笠を受け取った。玲圓が近習の案内で乗り物に向かいかけると、もう一人家来が飛んできて、

「お供の方もご一緒にと殿の仰せにございます」

「坂崎、そのほう、まさか修理大夫様と知り合いではあるまいな。もっともそなたならば、なにが起こっても不思議はないが」

　二人は乗り物のかたわらに腰を屈めて近寄り、その場に片膝を突いて控えた。

「佐々木先生、門前にお呼び立てして真に相すまぬ」

　と若い声が響き、引き戸が少しばかり開かれた。

「修理大夫様、なんぞ御用にございましょうか」

「城中では詰めの間で市井の種々も話題にのぼるでな」

「驚きました。ようご存じにございますな」

「なんなりと」

「佐々木道場ではこの度大掛かりの改築をなしたとか。その柿落としの大試合を催すと耳に挟んだが、真実かな」

「頼みがある」

と答えた忠貫が

「参加者の選抜は終えられたか」

と訊いた。

「ただ今、人選も詰めに入っております」

玲圓は答えたが、ほぼ人選も終わり、招聘状は各々届けられていた。

「わが藩にも武芸に熱心な家来がおる。佐々木先生、そなたの道場へその者を出向かせるで、技量を確かめた上でそなたの意に叶うならば、出場を差し許してくれぬか」

「修理大夫様のお声がかり、それがしが腕を試す要もございますまい。その方の姓名と流儀をお聞かせくだされば、即刻招聘状を届けさせます」

「なにっ、佐々木先生には、忠貫の願い、即座に聞き届けてくれるというか」

忠貫の声は喜びに弾けていた。

「承知つかまつりました」

忠貫はその答えを聞くと、篠田多助を呼べと近習に命じた。

すでに敷地の中に入っていた様子の家来が慌てて連れて来られた。

袴の両裾を帯にたくし込んだ家臣は、さほど身分の高き者ではないように見受けられた。

その者が玲圓に会釈すると、その場にぴたりと座した。徒士組の一員か、六尺豊かな体格で、精悍そうな顔立ちは三十前と推測された。

「篠田多助、佐々木先生のお許しが出た。そのほう、明日にも道場に参り、お話を伺うて参れ」

篠田は、は、はあっ、と門前の石畳に額を擦り付けた。

「他出の最中、足を止め、恐縮であった」

と詫びた忠貫の乗り物の長柄の塗り棒に、陸尺が肩を入れた。

そのとき、忠貫がさらに声を発した。乗り物は浮き上がったまま、動きを止めた。

「坂崎、堅固か。時に淳庵のもとへ遊びに参れ。そなたの噂、あちらこちらで耳にいたす。淳庵を交え、酒を酌み交わそうぞ」

「恐悦至極にございます」

「必ず参れよ」

　と声を残して乗り物は門内に消えた。

　二人は行列の邪魔にならぬよう下がった。だが、篠田多助はその場に平伏したままだ。行列が消えて、玲圓が篠田に声をかけた。

「篠田どの、道場に参られる日を楽しみにしており申す」

「はっ」

　篠田はそれ以上の返答ができない様子で全身を強張らせていた。そこへ、

「佐々木先生、坂崎さん、驚かしてしまいましたね」

　と旧知の中川淳庵が姿を見せた。

「私がつい佐々木道場の増改築と柿落としのことを殿に洩らしたのです。許してください」

　磐音は玲圓に淳庵を紹介し、

「佐々木道場の柿落としが酒井忠貫様のお耳に達していようとは、先生、光栄に

ございますね」

　と友を気遣うように言った。

「真に坂崎が申すとおりかな」

「佐々木先生、私がこの者を明日にも道場に伴います。よしなにお試しを」

「承知した」

　門前で淳庵と別れ、二人は昌平橋へと下った。ふと磐音が振り向くと、篠田多助はまだ平伏し、今度は玲圓ら二人を見送るふうであった。そして、そのかたわらに淳庵が困ったような様子で立っていた。

「あの者、修理大夫様が直々にご推挙なさるほどじゃ。なかなかの腕前のようだな」

「それがしもそう見ました」

「江戸は広い。どのような異能の士が隠れ潜んでおられるか見当もつかぬ。うちも心して選抜せねばな」

　玲圓が洩らした。そして、しばらく沈黙のまま歩いていたが、

「鐘四郎とそなたは外せぬ。岸辺俊左衛門が国許に戻り、師範代の浅村新右衛門が御用繁多ゆえ、新しき門弟を一人二人加えるか。ともあれ、外からの出場者の

数が決まった上で、うちの人数を絞り込むか」

と玲圓が言い切った。

「それにしても、そのほうは呆れた奴だな。譜代大名酒井修理大夫様が名指しで酒を飲みに来いなどと仰せられた。あれにはそれがしも驚かされたわ」

「中川淳庵どのが危難に見舞われたとき、それがしがいささか働いた経緯がございます。そのことを知られた御小姓組の赤井主水正様が、それがしを忠貫様にお引き合わせになったのです」

「そういえば、そのようなこともあったな」

昌平橋を渡った二人は神田川左岸を少し下り、下谷御成新道から下谷広小路を抜けて、東叡山寛永寺に上がった。

暑さのせいで人混みが少ないのが、二人の足取りを捗らせ、酒井家の門前での思わぬ時間の遅れを取り戻させた。

「どうやら速水様方を待たせずにすみそうじゃ」

玲圓の言葉にほっとした様子があった。

本日は寛永寺座主天慧師に、

「尚武館道場」

の揮毫を願う日であったのだ。

速水左近は寛永寺の東照大権現宮の薬師堂離れ屋で待っていた。

天慧もすでに到着しているという。

「お願いいたす側が遅れ、申し訳ないことにございます」

と玲圓が詫びると、速水が、

「なんと約束の刻限にぴったりでござるよ。天慧師は磊落なお人でな、家基様とも親しき間柄にござる」

と説明した。

薬師堂離れ屋からは不忍池を見下ろすことができた。

離れ屋の座敷は開け広げられ、寛永寺座主の天慧はすでに揮毫の仕度を終えて待っていた。八十二歳の長寿を保つ座主は慈眼の持ち主で、すべてを超越した風貌を小さな体に漂わせていた。

「天慧師、佐々木玲圓どのにござる」

と速水が玲圓を引き合わせた。

「おおっ、亡き父御に面立ちが似ておられる」

「座主は父をご存じですか」

「拙僧が若き頃、そなたの父御と何度か会うたことがござる。亡き父御の跡を継がれて道場も隆盛と聞く。泉下（せんか）で先代も喜んでおられよう」

「天慧様、此度（こたび）は無理なお願いを申しました」

「なんでも、埋もれ木が出てきたそうな。拙僧の書が武の館に掲げられるとは、ちとこそばゆいな」

と笑みを洩らした天慧が、

「玲圓どの、書にかかる前にちと頼みがある。気力を奮い立たせるためじゃ。そなた、拙僧の前で剣のかたちなりとも見せてくれぬか」

思いがけない注文に玲圓が速水の顔を見た。素知らぬふりをしているところを見ると、天慧の願いは速水もすでに承知かもしれぬと考えられた。

「畏（かしこ）まりました。お庭先をお借り申す」

と承知した玲圓が羽織を脱ぎながら、

「坂崎、相手をいたせ」

と命じた。

「はっ」

二人は手早く対戦の仕度をなした。

玲圓と磐音は足袋（たび）を履いたまま庭に下りた。

天慧師と速水が縁側に移動して座し、そのかたわらに寛永寺の高僧ら数人が居並んだ。

その天慧を前に見て、上の者、打太刀（うちだち）の玲圓が右に位置し、初心の仕太刀（しだち）役、磐音が左に位置をとった。

二人は真剣を抜き、足元を直心影流の八文字にとり、相正眼（せいがん）に構え合った。

間合いは一間とない。

二人が真剣を構え合っただけで、薬師堂離れ屋の空気がぴーんと張った。

上空から強い陽射しが落ちていたが、その場にある者の脳裏からすでに酷暑の二文字は消えていた。

互いに正視し合った後、打太刀の玲圓が技の先導を務めるように動いて仕掛け、仕太刀の磐音に攻める機会を授けた。

磐音はそれに従い、正眼の剣を引き付けて玲圓の額に落とした。それを玲圓が払う構えを見せ、技の応酬（おうしゅう）が流れるように進んだ。

剣は能楽師の動きにも似て緩やかだが、二人の使う剣には一分の緩みもない。

その一つひとつに遅滞なく濃密な攻めが秘められ、その攻めが静かなる闘志をもって跳ね返された。

真剣が舞った。

相手の核心を両断するように振るわれ、また全身の力で跳ね返された。

むろん二本の白刃が交わることはない。わずかの差で二つの刃は擦れ違い、攻守を交代していた。

見物の天慧らは声もなく二人の技を凝視して、時の流れを忘れたほどだ。

阿吽（あうん）の呼吸で師弟の剣が引かれ、互いに対峙（たいじ）の場へと戻っていた。

離れ屋にはしばし声がなかった。

「速水どの、愚僧、剣の動きに天の摂理を感じたことはない。じゃが、沸々と欲が湧（わ）いてきたようじゃ」

と天慧が用意されていた紙の前に移動し、瞑想（めいそう）して気を鎮めた。

玲圓と磐音は足袋を脱ぎ捨てると、

「失礼いたす」

と縁側に上がった。

付き添いの僧侶の一人が大きな筆にたっぷりと墨を吸わせ、天慧に渡した。

両眼を瞑（つむ）っていた天慧が、

かっ

と見開き、筆を執ると一気に紙に走らせた。

小柄な体がその場に躍動した。

見事な変身から雄渾(ゆうこん)にして剛毅(ごうき)な、

「尚武館道場」

という文字が生まれた。

おおっ

というどよめきが一座に広がったが、天慧は付き添いの僧に紙を取り替えるように命じた。

何枚も何枚も、

「尚武館道場」

の五文字が書かれ、十数枚に及んだとき、天慧は筆を置いた。

「これかのう」

天慧は最後に書いた文字を指した。

雄渾にして剛毅な上に高貴さが加わっていた。

「天慧様、有難うございました」

玲圓が深々と頭を下げて、礼を述べた。すると天慧が、

「玲圓どの、そなたの剣技、先代を超えられましたな。先代には愚僧が知る折りには未だ俗気があったように思う。そなたの剣は無垢じゃ。そこがよい」

と褒めた。

「天慧様、こそばゆいかぎりにございます」

「われら、仏に仕える者ゆえ、一つひとつの技の凄みは分からぬ。だがな、そなたの相手をいたしたあの者、恐ろしき剣技の持ち主かな。家基様が全幅の信を寄せられるはずじゃ」

と磐音を見た。

「さすがは天慧様、すべてをお見通しでござる」

と速水左近がからからと笑った。

「速水どの、先の日光社参には拙僧も従うた。坊主には坊主の情報網がござってな、家基様の密行の警護にたれが付いたかくらい、造作もなく調べられるでな」

と今度は天慧が声もなく笑った。

二

玲圓と磐音は上野寛永寺東照大権現薬師堂の離れ屋から境内(けいだい)を突っ切り、車坂門から下谷車坂町に下り、新寺町通りに入ると、ひたすら南下して浅草寺(せんそうじ)門前広小路を抜けて吾妻橋に出た。

陽は西に傾いていたが、暑さはどっかと江戸の町に居座ったままだ。それに風もない。暑かった。

磐音は橋際の船着場で猪牙舟(ちょき)を見付け、ほっと一息ついた。その手には天慧師が揮毫した数枚の書があった。

「坂崎、最初に道場の改築を思い立ったとき、手狭な道場を少しばかり広げようと考えた。それが動機であったわ。かようにも大事(おおごと)になり、かつ立派な道場に生まれ変わろうとは夢想だにしなかったぞ」

玲圓の言葉には深い感慨があった。

「門弟のわれらもあれほどまでの武道場になろうとは、未だ信じられません。それに地中から太刀が出たり、埋もれ木が出たりと、驚きの連続にございました」

玲圓は首肯するとしばし物思いに耽った。

「となれば欲も出た」

「欲と申されますと」

玲圓はまた沈黙した。そして、ゆっくりと口を開いた。

「本日はそなたと二人だけじゃ。よき機会やもしれぬ。話を聞いてくれるか」

「なんなりと」

上流から風が吹き上げ、老船頭に二人の話を聞かれる恐れはなかった。

「わが家には子がおらぬ。おえいもいろいろと悩み、あちらこちらの神仏に頼ったこともあった。若いうちの話よ。だが、いつの頃からか、われらはついに子が授からなかったと諦めた。それはそれでよい」

磐音は思いがけない玲圓の打ち明け話に気持ちを正した。

「ただ武家には、末代まで家を継承する任が負わされている。幸いなことに、佐々木家は直参旗本を離れて後、道場を経営して参った。それがしとおえいが話し合い、先祖の墓前にわれらが代で町道場を閉じますと報告いたさばそれで済む、と覚悟もつけてきた」

「……………」

「坂崎、このように立派な道場に改築されたとなると、それがしの気持ちも大きく揺れ動く。折角、速水様、今津屋どの、天慧師、銀五郎親方といろいろな御仁の世話になり、大きくなった道場を潰してよいものかという恐れに悩まされておる。この玲圓の煩悶、そなた、どう思うな」

「全く同感にございます。道場が大きく広がったばかりではございませぬ。佐々木玲圓の名は今や江都に知れ渡り、われら門弟一同、鼻が高うございますし、また誇りにございます。そして、その技量と志に恥じぬものであらねばならぬと、本多師範以下日夜研鑽して参りました」

磐音の言葉に玲圓が静かに頷く。

「いかがすれば解決いたすな」

玲圓が訊く。

「先生、お尋ねゆえ、差し出がましきことを承知で申し上げます」

「ここだけの話だ、忌憚なきところを申せ」

「しかるべきお方に尚武館道場を継がせ、佐々木道場を存続すべきです」

「そこだ」

わが意を得たりとばかりに玲圓が身を乗り出した。

「このところそれがしの胸の裡に、どうしたものかという迷いがあった」

「なんでございますか」

「坂崎、そなた、尚武館道場を引き継いでくれぬか」

玲圓の言葉に磐音は息を呑んだ。

「思い付きではないぞ。このところ考えてきたことだ。それがしも齢五十四、もはや若くはない。尚武館道場の改築を終えたところで後継を決めておきたいと考えたのだ」

「先生、思いがけないお話にございます」

「そう思うか」

「はい」

「坂崎磐音、改めて訊く。そなた、豊後関前藩六万石の国家老の嫡男として、坂崎家を継ぐ意思はあるか」

「ございませぬ。それがし、藩騒動の折りに自ら藩を離れた者にございます。なんじょう以て関前に戻れましょう。また父もそれを許すはずはございません」

「ならばこのまま市井の裏長屋暮らしを続けるか。おこんさんとの所帯を九尺二間で過ごす気か」

「それは……」

磐音には答えがすぐに見付からなかった。

「坂崎、そなたはそれがしが手がけた門弟の中でも技量第一の武術家である。またその気性穏やかにして、見識も礼儀も心得ておる。幕閣の方々ともそれなりに親交を持ち、無理なく付き合うてもいる。また今津屋を通じて、江戸のあらゆる階層に通暁(つうぎょう)しておる。このような人物はそなたをおいて他にない。それがしの養子になり、尚武館道場の経営を引き継いではくれぬか」

「先生、努々(ゆめゆめ)考えもしなかったことにございます。たれぞ……」

「たれぞ適任の方を、などと逃げ口上を申すでないぞ。それがしがこの数年、考えに考えた末のことだ。たれ一人としてそれがしの考えは知らぬ。おえいすらもな」

磐音は思わず、

ふうっ

と息を吐いた。

「坂崎、おこんさんとどこで暮らす気か」

と玲圓が重ねて問うた。

「はて、正直そこまでは考えておりませなんだ」

「そなたとおこんさんの二人を、今津屋が大切に思うておることも承知じゃ。それだけに、なんぞ処遇を考えておろう。だが、今津屋は商人である。坂崎、そなた、剣を捨てられるか」

磐音は目を瞑り、しばし沈思した。

「捨てられませぬ。それがし、商人にはなることは適いませぬ」

目を開けた磐音に玲圓が頷いた。

「先生、お聞きくださいませ」

「なにか」

「それがし、関前藩を離れ、江戸に出て深川に辿り着き、人様に迷惑をかけることなくなんとか人並みの暮らしを続けてこられましたのも、偏に多くの方の助けがあったればこそにございます」

「いかにもさよう」

「そのような最中、やむにやまれず人を斬り、命を絶っても参りました。かような穢れをつけた身のそれがしが、佐々木玲圓先生の後継たりうるものでございましょうか。先生、後継には人物高潔、技量優秀な人材をお選びください」

玲圓が再び沈黙し、呼吸を整え直し、

「坂崎、武士とはなんだ。剣とはなんだ」

と激しい語調で問うた。

「畢竟他人の命を絶ち、衆人の犠牲の上で名を立ててきたのが武人である。それが徳川将軍家をはじめとする三百諸侯だ。剣は禄高を得るための道具、技量はその手段と申せば、語弊もあろう。だが、武士の出自は太閤秀吉様をはじめ、水呑み百姓、野伏よ。それを、出世した後、衣冠を調え、理屈をこねて家柄を整えたにすぎぬ。幕府が始まり、百数十年の平穏を過ごした。安永の時代に生きるわれら剣術家は、屁理屈にかんじがらめになっておる。だが、剣術家の究極はいつの時代も技を磨き、他人よりも早く打ち、倒すことに変わりはない。それは戦国時代から変わらぬ。血と死を避け、穢れを恐れては剣術家たりえぬ。そうは思わぬか」

玲圓の舌鋒は鋭かった。

「だがな、この先、剣術家としての品格の差が出て参る。技量を磨いた剣をどう遣うかだ。坂崎、そなたが数多の修羅場を潜ってきたことは、この玲圓も承知しておる。そなた、自ら望んで人を斬ったか」

「いえ、それはございませぬ」

「ではなぜ剣を振るった」

磐音はしばし考えた末に答えた。

「人を助け、理と正義を貫くために剣を抜いたと信じとうございます」

「人を斬ることにおいて、殺人者と活人者は紙一重よ。それさえ承知ならば、たれがそなたの行為を非難できよう。見てみよ、そなたの周りには西の丸様をはじめ、幕閣の方々、今津屋のような豪商、桂川甫周どのや中川淳庵どののようなお医師から深川暮らしの人々まで、多彩な人材がそなたと親交を保っておるわ。それは偏にそなたの人柄を信じてのことじゃ。こればかりは佐々木玲圓も足元にも及ばぬ」

「はっ」

と磐音は曖昧に返事をした。

「坂崎、即答せよとは言わぬ。佐々木玲圓が申したこと、とくと考えてくれぬか。大事なおこんさんと相談するも、また一つの方法かと思う」

「畏まりました」

磐音は玲圓の申し出を重く受け止めつつ、

「佐々木家が徳川の禄を離れ、かつ今尚将軍家と繋がり」

を持つ家系を考えていた。

「お侍様、永代橋が目の前だ。霊岸島のどこに舟を着けるね」

と船頭が風に抗して訊いた。

「銘木問屋の飛騨屋を承知か」

「飛騨屋なら知っておりますよ。船着場でようございますか」

「頼もう」

永代橋を潜った猪牙舟が、大川から日本橋川へと入っていった。すると磐音の目に、江戸の町並みの上に聳える江戸城が見えた。

結局のところ武士は、

「奉公」

という二文字から離れられぬ人間ではないか。剣を以て、

「忠義」

を尽くす人士ではないか。

佐々木玲圓の後継たらんとすることはあの城に繋がることだと、自らに言い聞かせた。そして、聡明な徳川家基が実権を握り、政治を司る日のことをふと脳裏

に思い描いた。

「着きましたぜ」

船頭が短くも長い船旅の終わりを告げた。

飛騨屋は間口こそ十二間ほどだが、奥行きがあり、店の裏手に銘木が積まれた庭と蔵があった。

飛騨屋では店仕舞いの刻限だった。

玲圓と磐音が店先に立つと、番頭の三次蔵が、

「これは佐々木先生、ようこそ暑い日盛りをおいでくださいました」

と飛んで出てきた。

「埋もれ木はどうなったな」

「ただ今乾燥させております。ご覧になりますか」

と土間に下りた三次蔵が二人を裏庭へと案内した。風の通りを考えた貯木場に、唐木から銘木までが堆く積んであった。そんな一角に、脚台に乗せられた埋もれ木が横たえられていた。

「これが道場の地中から出てきた木か」

「いかがでございますな」

褐色とも飴色ともつかぬ光沢の欅は、丁寧に洗われて泥が落とされ、四周が切り落とされ、磨きがかけられていた。全体に縮緬状の杢目が浮き上がり、なんとも美しい木肌を呈していた。

「なんという見事な文様か」

磐音も縮緬杢に目を奪われて、言葉もない。

「縦横の傷んだ部分を切り落としました。ただ今の長さは五尺八寸、幅一尺五寸三分にございます」

磐音は持参した天慧師の揮毫の紙を広げた。

「おおっ、尚武館の文字ができましたか」

「寛永寺座主天慧師の書である。坂崎、銘木の上に置いてみよ」

磐音は欅の板の上に揮毫された紙を広げた。

「なんということでございましょう。ぴったりとはまさにこのこと」

三次蔵が驚くほど天慧師の揮毫した五文字、

「尚武館道場」

の大きさはぴったりだった。

「佐々木先生、私が考えた以上に立派な扁額ができますよ」

「頼もう」

玲圓も満足げな表情であった。

「扁額が完成するのにどれほど時を要するな」

「木を乾燥させ、その後に天慧様の書を彫り込み、色を掛けます。およそ半年は見ていただきとうございます」

「半年か。尚武館道場の名を柿落としの折りに披露しようと思うたが、それには間に合わぬか。ちと残念じゃな」

「まだ何枚か書をお持ちですね」

と三次蔵が磬音に訊く。

「天慧師が選ばれた書三枚を頂戴してきた。そちらに渡す分を省いて二枚残っておる」

「なら、こうなさいませんか。その一枚をお預かりして、うちで額装させます。これならば、柿落としの日までには間に合います。差し当たって玄関先にこの額を掲げられませんか」

「それはよき考えかな」

と玲圓も承知した。

「あとは、文字の上にどのような色を掛けるかですが、なんぞお好みはございますか」

「派手な色はいかぬぞ」

「金文字も銀文字も朱色も緑青（ろくしょう）も、最初はどうしても浮き上がったように色彩鮮やかに見えます。ですが、歳月を経るごとに落ち着きが出てくるものです。佐々木先生、臙脂（えんじ）色など歳月が経（た）つとなかなかにございますよ」

三次蔵は二人に見本の色をいくつか見せた。

「ちと考えようか」

玲圓は臙脂か緑青に迷ったようで、答えを保留した。

「費用（かかり）は……」

と言いかけた玲圓に三次蔵が、

「そのことはご放念ください。今津屋さんからきつく申されております」

と言い切った。

二人が飛騨屋の表に出たとき、六つ半（午後七時）の刻限になっていた。

「腹も空（す）いたであろうが、奥も待っておる。ともあれ神保小路に戻ろうか」

二人は霊岸島を出ると江戸の町を南東から西北へと抜けて、神保小路に急いだ。

町々では涼気を求めて川遊びに興じたり、表戸を下ろした店の前に縁台を持ち出してへぼ将棋をしたりしていた。

佐々木道場に戻り着いたのは五つ（午後八時）の刻限だ。

師範の本多鐘四郎と住み込みの門弟たちが、玲圓と磬音の帰りを待って玄関先で談笑をしていた。

「お帰りだぞ」

と瘦せ軍鶏の辰平が大声を出し、全員が立ち上がって出迎えた。

「ご苦労さまにございました」

「本多、長い一日であったわ」

と玲圓が満足げに答え、全員でなんとなく奥へと向かった。

だれもが尚武館道場が完成することに興奮していたのだ。

玲圓と磬音は湯殿で水を浴び、さっぱりとしたところで居間に戻ると、酒の仕度ができていた。

「おえい。本日、尚武館道場の扁額の目処も付き、増改築の目処も付いた。皆に酒を出してやれ」

と玲圓の許しが出て、座敷は酒宴の席に変わった。

二人が交代で天慧師の揮毫の模様と飛驒屋でのことなどを報告し、最後に玲圓が、

「本多、明日、酒井様のご家臣の篠田多助と申される方が道場に参られる」

「酒井様のご家臣がですか」

「修理大夫様直々に柿落としの大試合に出場を願われたのじゃ。断るわけにもいくまい」

「驚きましたな。譜代大名酒井様直々の掛け合いですか。それだけうちの道場の改築が城中でも評判になっているということですね」

「篠田どのを加えて、出場の剣士は何人になったな」

「ただ今、招聘状の返書は二十三通にございまして、篠田様を加えて二十四人。おそらく今後五、六人は増えようかと存じます」

「うちを入れて四十人を切るとみればよいか」

「はい」

「大がかりになったものよ」

「先生、その代わり、江戸の実力者はほぼ網羅されたと自負できます」

「すでに読売が、安永の剣術大試合と称して瓦版にする企てが進行しているそうです」

とでぶ軍鶏の重富利次郎が口を添え、

「うちの道場の柿落としです。なんとしても師範らに頑張っていただかねば画龍点睛を欠く話に終わりますよ」

と螺子を巻いた。

「利次郎、そなたらは気楽でよいな」

「いえ、師範が辞退なさるならば、不肖重富利次郎が佐々木道場の看板を背負って出場いたします」

「おい、でぶ軍鶏、そなたが出場することなどまずない。うちは上がつかえているのだ」

と辰平が言い、

「残念なり」

と利次郎が応じて一座に笑いが起こった。

三

磐音が佐々木道場を辞去したのは五つ半（午後九時）過ぎのことだ。

武家地はすでに森閑として眠りに就き、筋違橋御門で武家地から町屋に変わった。この御門前の広小路を、界隈の住人は、

「八辻原」

とか、

「八つ小路」

と呼んだ。

それは広小路で筋違門、昌平橋、駿河台、小川町、連雀町、日本橋通、小柳町、柳原の各口に通じていたためだ。それがために昼間は大いに賑わった。だが、夜になると急に人気が引いた。

神田川からようやく涼気を含んだ風が吹き上げてきて、磐音の火照った頬を撫でた。

玲圓を筆頭に門弟衆は道場改築工事の完成間近ということで上気し、わいわいと談笑しながら酒を飲んだ。なんとも気持ちのよい酒だったが、磐音の胸には玲

圓の言葉が残っていた。

「坂崎磐音は佐々木玲圓の後継たりうるか」

剣術家佐々木玲圓の名は江都に広く知れ渡っていた。おそらく江戸で三指に入る剣客といえよう。いや、技量よりなにより識見人柄において比類なき剣士として幕閣にも知られていた。

そして、佐々木家が将軍家と密なる関(かか)わりを保っていることも、先の日光社参で推量が付いていた。

(そんな重責をこの坂崎磐音が果たせるのか)

翻っておこんと所帯を持つと決めながら、住まいさえどこだと言い切れない己がいた。

おこんは町娘だ。町屋暮らしすることとはなんの差し障りもあるまい。

とはいえ天下の今津屋の奥を仕切ってきた今小町のおこんを、九尺二間の棟割長屋に暮らさせるのも今さら無理な話だった。

おこんが玲圓の話を受け入れてくれたら……。

賢いおこんのことだ。

佐々木道場の内所(ないしょ)はきっちりとこなしてくれよう。佐々木家は武家とはいえ、主があっての奉公ではない。その点からいえば気は楽といえた。

佐々木家に磐音とおこんが入り、後継の道を歩む。

磐音自身の気持ちを整理し、決心することが第一だ。さらにおこんに相談して、

「諾」

との返答をもらう要があった。そして、最後には豊後関前にある父正睦に断らねばならなかった。

正睦自身は、磐音がすでに坂崎家とは縁を切った者であるとの考えを磐音にも伝えて、

「江戸という大海で自由に生きよ」

と指示していた。

だが、わずかながらも正睦の心の中に、磐音が屋敷に戻り、豊後関前に復藩して坂崎家を継いでくれればという望みがあることも察していた。

だが、それが不可能なことは正睦も磐音も承知していた。

藩改革に邁進するため青雲の志を抱いて江戸から帰国した河出慎之輔、小林琴平、そして坂崎磐音の三人の親友が、敵方の宍戸文六一派の悪だくみに乗せら

れ、相戦う羽目に陥った瞬間から、あまりにも大きな旅路と歳月を歩いてきていた。もはや後戻りなどできないのも道理だった。

（となれば……）

おこんと一緒に新たな地平に歩み出すときではないか。

その道が一筋、二人の前に示されたのだ。

今宵、関前の父に手紙を認め、明日にもおこんに相談すべきか。

磐音は和泉橋から新シ橋の中ほどをひたすら下っていた。

柳原土手から黒い影が現れた。

（何者か）

磐音が闇を透かしたとき、背から殺気が押し包むように襲いきた。

咄嗟に抜き合わせることも逃げることも間に合わぬと悟った。

磐音は窮地に追い込まれた。

（死）

その想念が脳裏に走ったとき、磐音は一か八か、左横に転がっていた。

刃が、身を投げる磐音の右上腕と脇腹を斬り裂いた。

痛みが走った。

（なんという不覚か）

ごろごろと転がり、間合いを取ろうとした。だが、刺客はその隙を与えなかった。するすると転がる磐音を追跡し、追い詰めてきた。

どこをどう転がったか。腰に差した両刀が動きを邪魔していた。それでも磐音は転がるしか、助かる道はなかった。

刺客はさらに間合いを詰めた。

転がる磐音の体になにかが当たり、もはや身動きはとれなくなった。

柳原土手は昼間、古着の露天商たちが小店を連ねる場所だ。店仕舞いした屋台に磐音は阻まれていた。

「坂崎磐音、死の時よ」

刺客が声を初めて発した。

聞き覚えがなかった。ただ、吐かれた言葉に、

「不治の病に取り付かれた者の諦観と臭い」

があった。

（病人か）

そう感じた磐音は強引に、行く手を阻んだ屋台店を背で押した。

　ぐらり

と揺れて屋台店が倒れた。

その隙間に磐音が転がり込んだところに、刃が頭上から振り下ろされた。

（南無三……）

死の気配が磐音の身を包んだ。

刃が振ってきた。

磐音が倒した屋台店の一部が刃にぶつかるように倒れかかったのは、その瞬間だ。

刃が流れ、なにかに、

　がつん

と食い込んだ。

磐音はその隙を利した。さらに転がり、間合いを空けた。片膝を突いて上体を起こすと、腰の包平（かねひら）の柄（つか）に手をかけた。

刺客が刃を抜き、倒れかかった屋台店を突き飛ばして、磐音に迫った。

磐音は片膝の姿勢で包平を抜き打った。

刺客が虚空に飛んで磐音の反撃の刃を避けた。

磐音は膝を支点に身を反転させた。

着流しの刺客が前方に飛び降り、
ちらり
と殺げた相貌を見せると、

「命冥加な奴よ」

と吐き捨て、武家屋敷の間の路地に身を没した。

磐音はその背をしばし追うと、柳原土手から姿を見せた影に視線を戻した。

茣蓙を小脇に抱えた夜鷹が呆然と立っていた。

「助かった。そなたのお蔭じゃ」

「わたしゃ、なにもしてないよ」

声は老いていた。

磐音は包平を鞘に戻すと、懐から財布を抜いて一分金を摑むと、

「それがしの命代だ。少ないが受け取ってくれぬか」

と差し出した。

「旦那、わたしゃ、なにもしてないったら」

「いや、そなたがいなければ、それがしはもはやこの世の者ではなかった」

磐音が差し出すと女が、

「旦那、血が出ているよ」

「大事ない。困ったことあらば、米沢町の今津屋か神田三崎町の佐々木道場に坂崎磐音と名指しで訪ねて参れ」

「だ、旦那」

驚く老食売をその場において、磐音はよろよろと米沢町の今津屋に行き先を変えた。

傷はさほど深くはない。だが、無性におこんに会いたい、という思いに駆られてよろめき進んだ。

店の通用口を叩く音に気付いたのは手代の文三だ。帳簿整理をしていていつもより床に就くのが遅くなった。二階への階段を上がろうとしたとき、その音と気配に気付き、

「どちらさまにございますか」

と声をかけた。

「夜分相すまぬ。坂崎磐音にござる」

「後見」

と驚きの声を発した文三は、それでも臆病窓を開いて確かめた。

「坂崎様」

慌てて潜り戸を開けるところに、振場役番頭の新三郎も行灯を掲げて出てきた。

その明かりの中、磐音がよろめきながら土間に入った。

夏羽織の袖は千切れ、髷は乱れ、右手から血が滴り落ちていた。

「相すまぬ。焼酎があればちと頂戴したい」

「おこんさん！」

と文三が大声で叫び、新三郎が通用口を閉める前に表を確かめた。

磐音は店の上がりかまちに腰を、

すとん

と落とすように座った。

店先にどおっと老分番頭の由蔵らが飛んで出てきて、

「坂崎様、どうなされました」

「後見」

「だれぞ医師を」

と大声が飛び交った。

「お待ちあれ。医師どのを呼ぶ必要はない。かすり傷にござる」

寝巻き姿のおこんが飛んで出てきた。

「坂崎さん」

「驚かしてすまぬ。柳原土手で不意を襲われ、不覚をとった」

磬音は冷静さを取り戻していた。

「傷を確かめるわ」

おこんが新三郎と二人で羽織を脱がせ、小袖の袖を剝(は)ぎ取った。上腕と脇腹が血塗れで血が噴き出していた。

「どなたか手拭いを」

「小浜藩に走り、中川淳庵先生をお呼びして」

とおこんが矢継ぎ早に叫んだ。

「和吉(わきち)、文三、小浜藩屋敷に走りなされ」

由蔵が命じると同時に通用口が開かれ、二人が夜の町に走り出ていった。

「おこんさん、中川さんを煩わすほどではないぞ」

「怪我(けが)人は黙ってて」

磐音の上腕部が手拭いできりきりと巻かれ、脇腹にも血止めがされた。右肩を上に横向けに寝かされた。

磐音は出血のせいか、意識を失いかけた。

「坂崎様」

と薄れる意識の中に、吉右衛門とお佐紀の驚きの顔が見えた。

「なんのことはござらぬ、迷惑をかけ申した」

と言いつつ、

ことり

と意識を失った。

痛みに意識を取り戻した。

淳庵の顔がすぐ近くにあった。

手には縫合用の鉤針を持っていた。手術の最中らしい。

「傷は深いが大事ない。動いたで血がかなり流れ出た」

「中川さん、すまぬ」

「怪我人が医師に気を遣うようならば大事ない。たれにやられました」

淳庵は縫合の痛みを紛らわせるためか、磐音に話しかけた。

「幽鬼のような浪人者でした。考え事をしていて、不意を衝かれました。それがしには覚えのない人物でした」

と答えた磐音が、

「一日に二度もお医師に会うとは、どんな日か」

「覚えておられますか。ならば頭も大丈夫だな」

と冗談を言い、よし、と縫合手術を続けた。

半刻後、手術が終わり、改めて傷口が消毒され、包帯が巻かれた。

ふーうっ
と淳庵が息を吐き、

「あなたには驚かされるばかりだ」

と言った。

「淳庵先生、いかがにございますか」

吉右衛門が訊く。

「この御仁は不死身です。ちと血を抜いたくらいがちょうどよいかもしれません。冗談はさておき、まあ、五、六日も休んでいれば元気を取り戻しましょう」

「いや、大事なくてようございました」

吉右衛門がほっと安堵の言葉を洩らし、

「おこん、奥座敷に坂崎様を移しなされ」

と言った。

縫合手術は今津屋の店先の板の間で行われたかと、磐音は見回した。

「たれぞ戸板かなにかを持ってきなされ」

と由蔵が命ずると磐音が、

「もはや大丈夫にござる。それがし、歩けるで、金兵衛どのの長屋に戻る」

「なにを馬鹿なことを言っているの。怪我人は黙って人の言うことを聞くものよ」

おこんがぴしゃりと磐音を叱った。

「さようか、世話になってよいか」

磐音は自分の口から発せられる言葉がいやに甲高く耳に響いた。

「おこんさん、今晩、熱が出よう。この薬を飲ませて、額を冷やしてくれませんか。うわ言などを言うかもしれないが、普段の坂崎磐音ではないゆえ、気にせぬように」

磐音はそれでも立ち上がりかけたため、新三郎らが肩を貸して奥へと運んでいった。

店先に残ったのは吉右衛門と由蔵ら数人だけだ。

「淳庵先生、助かりました。坂崎様にもしものことがあれば、おこんに申し訳が立たないところでした」

「命に別状はございません」

と淳庵がさらに請け合い、緊迫していた空気が一気に和んだ。

「たれが坂崎様をこのような目に遭わせたのでございましょうな」

「私どもはなにかと坂崎様に頼ってきました。そのせいで坂崎様が恨みを買うこともありましょう」

「いかにもさようにございますな」

「淳庵先生、佐々木道場では近々改築の柿落としをすることが決まっていますが、それまでには治りますかな」

吉右衛門が話題を変えた。

「動けるようになるのは間違いないでしょう。ただし、剣術大試合に出るのは無理です」

「そんなことは絶対にさせません」

と由蔵がきっぱりと言い、

「淳庵先生、明日にもお屋敷にお礼に参ります」

「そのような必要はありません。坂崎さんは私にとっても大事な友、助けられてばかりで心苦しく思っていました。いや、私もちょっとだけご恩返しができたかと気が楽になった」

と苦笑いで答えた淳庵は、見習い医師らを連れて屋敷に戻っていった。

「老分さん、あとはおこんに任せましょうか」

「旦那様、それが一番です。ここは邪魔をしてはなりませぬな」

と二人は言い合った。

その夜、今津屋の店先から明かりが消えたのは九つ半（午前一時）過ぎだった。

だれもがほっとして床に就いた。

だが、奥座敷の一室ではおこんが必死の看護を続けていた。

時がゆるゆると流れ、熱に浮かされた磐音の顔をおこんは見続けた。

「おこんさん、相談がある」

磐音がはっきりとした言葉を吐いた。おこんは咄嗟に問い返していた。

「なに、なんなの」

「……養子に行ってもよいか」

「どういうこと」

おこんの問いにもう磐音は答えなかった。なにか魘されて吐いた言葉のようだ。淳庵は熱が原因で発するうわ言を気にするなと言ったが、

（どこへ養子に行く気なのかしら）

おこんは急に不安になった。だが、磐音は再び荒い息を吐きながら眠り続けていた。

四

翌日の昼前、中川淳庵と御典医桂川甫周国瑞の二人が連れ立って今津屋を訪れ、坂崎磐音を見舞った。立ち会ったのはおこんと由蔵だ。

「怪我の具合は悪くない。熱が出ておるゆえ意識がはっきりとせぬのであろう。傷の化膿が一番の不安の種だが」

と当代の名医二人が知恵を出し合い、長崎渡りの蘭方薬を投与した。

当の磐音は二人の友の訪問を承知の様子で、

「造作をかけて相すみません」

とか、

「それがし、もはや大丈夫にござる」

と受け答えしていたが、

「おこんさん、当人はこう言っておるが、元気になったとき、われらが来たことも覚えておるまい」

と熱に浮かされて双眸が定まらぬ磐音を国瑞が見た。

「淳庵先生、桂川先生、坂崎様はお加減が悪くてこのように意識がはっきりとせぬのではありませんな」

と由蔵が二人の医師に念を押した。

「淳庵先生が言われたとおり、傷は順調に回復している。熱が出たゆえ、ちと意識の回復が遅れているだけでしょう」

「坂崎様は五体頑健なお方ですが、熱が出るとこうも無垢の赤子のような姿に変わられますか」

「おこんさんに甘えたいという無意識の裡の気持ちが働き、坂崎さんをこうさせているのかもしれぬ。まあ、こういう機会は滅多にないゆえ、おこんさん、せいぜい坂崎さんを甘えさせてやってください」

と国瑞が冗談紛れに忠言した。

「坂崎様は日頃なかなか本音や弱みを見せられませんから、それなればよいよい。おこんさん、そなたに坂崎様の看護は任せました。せいぜい甘えさせてやってください」

と由蔵が言い、

「桂川先生、いい加減なことを」

「おこんさん、国瑞の申すこと、いい加減ではない。高熱に見舞われる病人や怪我人には、母親の胸に縋りたいという心理が働くことはままあるものでな。時に無理難題を口にすることもある。おこんさん、この際だ。赤子と思い、坂崎さんの言うことを聞いておあげなさい」

と淳庵までが唆すように言い、おこんが、

ぽおっ

と頰を染めた。

二人の医師が帰った後、怪我人が横たわる奥座敷に、心配そうな様子のお佐紀

が姿を見せた。おこんから二人の医師の診立てを聞いて、

「ほっとしました。旦那様も、坂崎様を気儘にお働かせした報いと気にかけておられます」

「お内儀様、ご迷惑をおかけします」

「おこんさん、坂崎様の身が大切なのは私どもも一緒です。なんとしても元気を回復していただかないと」

お佐紀が去った後、半刻余りおこんが手拭いを濡らして額を冷やす静かな時が流れた。

昼過ぎ、佐々木玲圓と本多鐘四郎が緊張の面持ちで今津屋を訪れた。

由蔵が佐々木先生にはお知らせしておいたほうがよかろうと使いを立て、朝稽古を終えた二人が姿を見せたのだ。

「おこんさん、坂崎の具合はどうか」

座敷に入るや否や鐘四郎が訊き、未だ意識がはっきりとせぬ磐音の顔を覗き込んだ。

「淳庵先生がすぐに手術をして出血を止めてくださいましたが、傷口二箇所から流れ出た血はかなりの量でした」

おこんは昨夜(ゆうべ)からの経緯を二人に説明した。

「お医師はどう言われたな」

「意識は数日のうちにはっきりしよう、化膿さえしなければ大丈夫、と申されておりました」

「ならばひと安心じゃ」

玲圓が日向(ひなた)を歩いてきてかいた汗を、ようやく懐の手拭いを出して拭(ふ)いた。

「どうやら道場からの帰り道に襲われたようだな」

鐘四郎が言う。

「まだ意識がはっきりしているとき、柳原土手で不意を衝かれて襲われた、と言っておりました」

「やはり帰り道だ。何者であろうか」

「幽鬼のような浪人者で、見知らぬ顔とか」

「不意を衝いたとはいえ、坂崎ほどの男に傷を負わせたのだ。この者、なかなかの腕前のようですね、先生」

鐘四郎が玲圓に話しかけた。

「まず恐ろしき腕前であろう。坂崎が見知らぬ人物となると、たれぞが雇った刺客か」

「また姿を見せますな」

「間違いないところであろう」

玲圓が洩らし、おこんの顔に新たな不安が漂った。

「おこんさん、坂崎は同じ轍は二度と踏まぬ男だ。必ずこの仇は討つゆえ、安心なされ」

と鐘四郎が言い、

「先生、坂崎磐音を欠くとなると、此度の大試合、大変なことになりましたぞ」

と佐々木道場の柿落としの大試合を案じた。

「鐘四郎、そなたがしっかりするよき機会じゃ。坂崎抜きで佐々木道場の力を見せてみよ」

と玲圓に鼓舞されて、

「えらいことになった」

と鐘四郎は不安の色を見せた。

「本多様、飛んだとばっちりをかけて申し訳ございません」

「おこんさん、われら日頃からつい坂崎磐音の力に頼りすぎたのだ。先生が言われるとおり、それがしがしっかりとせねば、怪我をした坂崎に申し訳が立たぬ」

と自らに気合いを入れるように呟いた。

玲圓と鐘四郎が吉右衛門に呼ばれ、奥座敷に通った直後、今度は南町奉行所の年番方与力笹塚孫一が定廻り同心木下一郎太を従えて、せかせかと店の前に立った。

「これはこれは、笹塚様」

「坂崎が斬られたというではないか」

「奥に寝ておられます」

「見舞わせてくれ」

二人は三和土廊下から内玄関へ通り、今津屋の離れ座敷に入った。

「笹塚様、木下様、ご足労をおかけして、恐縮にございます」

「おこんさん、心配であるな」

おこんは二人に事情を説明した。

その途中に由蔵が姿を見せ、座敷の端に腰を下ろしながら二人に問うた。

「さすがは南町のお役人、よう分かりましたな」

南町奉行所には知らせていない。それだけに由蔵は訝しげに二人の訪問に首を捻(ひね)る。

町方の二人が訪れたと聞いて、奥座敷から玲圓と鐘四郎が戻ってきた。会釈(えしゃく)をし合って挨拶(あいさつ)すると、一郎太が由蔵の問いに答えた。

「老分どの、それが偶然なんです。偶々(たまたま)町廻り中、豊島町の番屋で、夜鷹のおくらが昨夜人の命を助けて一分を貰(もら)ったという話を聞き込みましてね、おくらの塒(ねぐら)を訪ね、襲われたのが坂崎さんらしいと分かったんです。坂崎さんはおくらに、なんぞ困ったことがあれば、今津屋か佐々木道場に坂崎磐音を訪ねて参れと言い残していたんです」

「なんとまあ、坂崎様らしい律儀なことで。斬り合いの後、そのような気遣いまで見せておられましたか」

と由蔵が感心をし、

「おくらさんは坂崎様に助勢なされたのですかな」

と訊いた。

「そうではございません。坂崎さんは、なんぞ思案しながら八辻原から下ってこられたそうです。おくらはちょうど柳原土手に茣蓙を抱えて姿を見せた。おくらの姿に、はっ、となされた坂崎さんに、背後から着流しの浪人がいきなり斬りかかったそうです。坂崎さんはおくらが姿を見せたことで、物思いからふと我に返られたのでしょう。それでも抜き合わせるのが間に合わなかった。そこで咄嗟に横手に身を投げ、屋台店が並ぶ間をごろごろと転がり逃げて、間合いをとられたそうです。そして、ようようにして片膝を突いて反撃の構えを見せられた」

うむうむ、と玲圓が頷いた。

「坂崎さんの不意を衝いた浪人は、命冥加な奴よ、と言い残して消えたそうです」

「その者、坂崎磐音と承知で襲ったのですな」

玲圓が念を押した。

「その者は、最初に斬り付けた後、坂崎さんを追い詰め、さらに止めを刺そうとした。その折り、坂崎磐音、死の時よ、と言い放ったそうです。明らかに承知の上で襲っておりますし、諸々から考えて個人的な恨みではないように思えます」

一座に、

ふうっ

と息を吐く音が響いた。

「おくらの話では、痩せた浪人で病持ちのように見えたそうです」

「暗いところで病持ちと分かるほどの病人剣客ですか」

鐘四郎が一郎太に問い直し、

「なぜかおくらはそう見たようです」

と一郎太が答えていた。

「坂崎も幽鬼のような浪人者と覚えておりましたな」

「笹塚様はすでにこの者の手配を府内に命じられました。旅籠などに投宿していればすぐに炙り出せるのですが、おそらくどこぞに隠れ家を持っておりましょう」

と一郎太が報告を締め括った。

佐々木玲圓、笹塚孫一らが連れ立って今津屋から辞去したあと、偶然にも品川柳次郎が今津屋を訪れた。昼下がりの刻限だ。

帳場格子にいた由蔵が目敏く気付き、

「ようういらっしゃいました」

と背に風呂敷包みを負った柳次郎を迎えた。

「老分どの、母上と手作りした団扇にござる。日頃から世話になりっ放しで恐縮じゃと、母上が今津屋さんに届けてくれぬかと申しますので、お届けに上がりました。よかったら奥や店で使うてください」

と背の荷を店の端に下ろそうとした。

「この暑い最中、ご苦労にございましたな。品川さん、団扇は有難く頂戴し、使わせてもらいますよ」

と答えた由蔵は、

「奥へちょっと」

と三和土廊下に誘った。

「老分どの、それがし、お届けするだけで用は済みました。これにて失礼いたす」

「いえ、こちらに御用がございますので。ひとまず奥へ」

と由蔵が強引に、風呂敷包みを提げた柳次郎を奥の離れ座敷に誘った。

「一体これは」

柳次郎は座敷の敷居際から横たわる磐音の姿を見て、言葉を失ったように立ち竦(すく)んだ。

座敷にはおこんだけがいた。

「おこんさん、老分どの、どうしたことで」

手に提げていた風呂敷包みを座敷の入口にぽとりと置いた柳次郎が、磐音の枕辺にぺたりと座した。

「驚かせて申し訳ありません」

おこんが事情を説明した。

「な、なんとそのようなことが……。それがし、なにも存ぜず、気楽にも団扇をお届けに参った」

とこちらも訪問の理由を述べた。

「品川様、お気を煩わせてすみません。大事はございませんので、安心してください」

おこんが柳次郎の母幾代(いくよ)のことを思い描きつつ、礼を述べ、その言葉に柳次郎がほっと安堵の表情を見せた。そして、敷居際の風呂敷包みを取り、奥用と店用の二つに括り分けられた紐を解いた。

二つの包みにはどちらも十数本の団扇が束ねられていた。

「おこんさん、素人芸ですが使うてもらえませんか」

と差し出した。

母と倅が手作りしたという団扇の表には、水辺に咲く杜若が涼しげに風に揺れている光景が描かれていた。巧みな筆遣いではない。だが、高貴な杜若の紫が鮮やかに描写されていた。

「品川様の団扇作りを褒めるのもなんですが、玄人はだしです。絵はどなたが」

「母上が手慰みに描いたのです」

「品川様、幾代様のお心遣いが団扇に溢れています。早速使わせてもらいます」

と磐音の顔に涼風を送り、

「これは具合がいいわ」

とにっこり笑った。

「まさかこのような場面に行き合わせるとは考えもしませんでした。話を聞いたら、母上は明朝きっとお百度参りに行かれます。なにしろ母上は坂崎さんの大の信奉者ですから」

「いえ、淳庵先生も桂川先生も、今日にも意識がはっきり戻るとおっしゃっておられます。どうか幾代様にこのことを申し上げてください」

「聞き入れる母上ではありません。なにしろそれがしの知り合いといったら、竹村武左衛門だけでしたからね」

「竹村様ね。坂崎様とはだいぶ風合いが違いますな」

由蔵が苦笑いした。

「母上は竹村の旦那には手厳しいが、反対に坂崎さんには全幅の信頼を置いておられますからね。機嫌が悪くとも、坂崎さんの話を持ち出すとたちまち機嫌を直されます」

と苦笑いした。

「品川様、母上様のお心遣いは奥に届け、店でも大事に使わせてもらいますぞ」

と由蔵が改めて礼を述べた。

柳次郎はおこんと四半刻（三十分）ばかり話して今津屋を辞去した。

磐音が倒れて二夜目を迎えた。

高熱は相変わらず続いていたが、九つ（夜十二時）の時鐘を聞いた頃合い、
すとん
という感じで熱が下がり、磐音は両眼を見開き、おこんに、

「喉が渇いた」

と言った。

「よかった」

としみじみとした声を洩らしたおこんは、急須に入れていた水を急いで磬音に飲ませようとした。

「寝ていては飲みづらいわ。私の膝に頭を乗せて」

「こうか」

「そうよ」

磬音はおこんの膝に頭を乗せると、ごくりごくりと喉を鳴らして大量の水を飲んだ。

「ふうっ、よく寝た」

磬音の顔の上におこんの顔があった。

「皆様に心配をかけて」

「すまぬ、おこん」

おこんは両腕で、磬音の無精髭が生えた顔を愛おしそうにひしと抱いた。

「案じたか」

答えはなかった。だが、磬音の顔に冷たいものが零れ落ちた。

おこんの涙だった。

二人はその姿勢のままじっとしていたが、おこんが唐突に、

「居眠りどの、だれのところに養子に入るつもり」

と冗談ぽく訊いた。

「それがし、そのようなことを洩らしたか」

「ひと言だけ、はっきりと」

「その言葉を聞いた者は他にいようか」

「私だけよ。聞かれて困ることなの」

磐音はおこんの肌の温もりを感じながら、両腕を解き、顔を見上げた。

「そなたに最初に問わねばならなかった言葉なのじゃ。斬られた後も、そのことが頭にこびりついていたらしい」

「私にって、どういう意味なの」

磐音はゆっくりと寝床に起き上がって正座し、おこんと向かい合った。

「おこん、聞いてくれ」

磐音はおこんの両手を取ると、佐々木玲圓からあった申し出を丁寧に話した。

おこんが身じろぎもせず話を聞き終わったとき、

「坂崎さんは佐々木家に養子に入るの、玲圓先生の跡目を継ぐの」

と確かめるように訊いた。

「そう決めたわけではない。おこん、そなたの返答次第だ」

「嫌だと答えたら……」

「二人で別の道を探せばよい」

「そうなったとき、玲圓先生のもとにいられるの」

「先生は大らかなお方だ。断ったくらいで破門になさるはずもない」

「坂崎磐音、そなたの気持ちはどうじゃな」

おこんがふざけたように訊いた。だが、縋るような眼差しは真剣だった。

「それがし、奉公は捨てることができた。だが、剣の道から遠ざかることはできぬ、と思うておる」

おこんが小さな息を吐いた。

「なら二人が歩く道は決まっているわ。私は、どんなことがあろうと坂崎さんと一緒に歩くと法師の湯で誓ったの」

「おこん」

「磐音様」

二人はひしと抱き合った。

そのとき、二人の脳裏には、行く手に真っすぐな道が一本果てしなく延びている夏の光景が映じていた。そしてそこには、二つの影がくっきりと刻まれているのだった。

第三章　怪我見舞い

一

磐音はおこんに手伝ってもらい、豊後関前の父坂崎正睦と家族に宛て、手紙を認めた。佐々木玲圓からの申し出の内容と自分の正直な気持ちと葛藤、さらにはおこんの決断の経緯を詳しく綴った手紙だった。

その中で磐音とおこんは、新しい道を進もうと思うゆえ、我儘を許してほしいと願っていた。

認め終えた書状は、おこんが飛脚屋に託しに行った。

磐音はひと仕事を終えた気分で、裏庭から今津屋の裏手に出た。

今日も一日晴天が続き、気温が上がりそうな気配だった。

今津屋は店の裏手に家作を持っていた。だが、人寄せごとのために長屋は空けてあった。

二棟の真ん中に六十坪ほどの空き地があって、日光社参の折りには佐々木道場の本多鐘四郎ら門弟たちが詰めて、江戸で不測の事態が起こらぬよう警戒に当たった拠点でもあった。

その折り、この空き地は野天の道場として使われていた。

木戸口から長屋の板壁に竹垣が造られ、朝顔の蔓が巻き付き、縁紫の花を咲かせていた。

裸足になった磐音は、だれもいない空き地をゆっくりと歩き出した。

少々脇腹が攣る感じがあり、右腕の上げ下げにも痛みが走った。だが、動かす分にはさほど支障はない。

竹垣を造ったときに余った棒が軒下に積んであるのに目を留め、一本を手にした。

四尺ほどの竹棒を片手で振ってみた。すると頭がくらくらしたが、出血のせいだと気にしないことにした。

空き地の端に右足を前に立ち、竹棒を正眼に構えた。

その瞬間、磐音の脳裏から怪我(けが)のことは消え失せていた。

最初こそゆっくりと前進し、竹棒を緩やかに上下させていたが、段々と調子が出てきて、いつしかいつもの動きになっていた。

前進しつつ上段から振り下ろし、再び構えを戻す。前後に体を動かし、足を踏み換えながら無心に繰り返す。

こうなれば怪我の痛みも時が流れることも忘れた。

「坂崎さん！」

おこんの悲鳴に磐音は我に返った。

「なんということを」

真っ青な顔のおこんが睨(にら)んでいた。そのかたわらには、眼鏡を鼻までずらした由蔵が呆然(ぼうぜん)と立っていた。

「おこんさん、心配させたな。もはや大丈夫じゃ。自由に動ける」

「もう、私、知らない」

おこんの青い顔が泣き崩れそうになった。

「おこんさん、坂崎様は並の人ではない。あれだけ動けるとなれば、もはや怪我を克服したということですよ」

と由蔵がおこんを慰め、おこんも普段の顔に戻った。

「汗をかいたら、腹も減った」

由蔵が高笑いし、おこんが、

「そんな汗まみれの体や泥だらけの足で朝餉など食べられないわ」

と井戸端へ磐音を引いていき、傷を気遣いつつも体の汗を拭き取り、足の泥を洗い流した。

そんな様子を格子窓から女衆が覗き見して、

「今津屋のおこんさんも坂崎様にぞっこんだねえ」

「いや、坂崎様もすっかりおこんさんに惚れていなさるよ」

「似合いの夫婦だね。少し薹は立っているが、一対のお内裏様とお雛様だよ」

などと言い合った。

「それにしてもよかったよ。おこんさんは、この二晩、一睡もしないで坂崎様の看病に精魂を傾けられたもの。そんなこと、並の女じゃできないよ」

「坂崎様のお人柄かねえ」

と言い合うところに、真新しい浴衣に着替えさせられた磐音がおこんに連れてこられた。

「寝間に膳を運ぶわ」

「もうそんな手を煩わさずともよい。こちらの板の間で食そう」

磐音は由蔵の定席を借りて座した。

「坂崎様、おこんさんに懇切丁寧に看護される気分はどうだねえ」

勝手女中のおきよが訊く。

「悪くはないぞ」

「そりゃそうに決まってるさ。天下の今小町が親身に世話をするんだよ」

「だが、それも一日二日が限度だな。いや、おこんさんの世話はいつまでも受けたい。だが、寝間に寝ているのは適わん」

「呆れた後見さんだ。だがさ、それだけ元気になったという証だねえ」

と女衆もわがことのように喜んでくれた。

「皆に心配をかけて相すまぬことであった。このとおりにござる」

磐音は板の間に正座をして、おきよらに頭を下げた。

「坂崎様、そんなことしてもらいたくて言葉をかけたんじゃないよ。頭を上げてくださいな」

とおきよが慌てて応じるところに、由蔵が将軍家治の御典医桂川甫周国瑞を連れてきた。

「桂川先生、このようなところに」

おこんが慌てた。

「おこんさん、私も怪我人を寝間に連れてきますと申し上げたのだが、桂川先生は、怪我人がいるところに足を運ぶのが医者の務めと取り合ってくださらんのです」

と困った顔をしている。

「桂川さん、心配をおかけしました」

「縫合手術からその後の治療まで淳庵先生がおやりになったのです。今日は淳庵先生の代診です」

と磐音のかたわらに座った国瑞が、

「だいぶ動かれたそうですな。傷口を見せてください」

と浴衣を脱ぐように命じた。

おこんが手伝い、諸肌脱ぎにして傷口を国瑞に見せた。

「激しく動かれたと聞いたので、縫合したところから新たに血が出たのではないかと心配しましたが、意外と少ないな」

傷口に被せた布を取り、縫われた傷を確かめた。

磐音は初めて自らの傷を見た。

脇腹が長さ六寸、上腕部が四寸五分ほどでしっかりと糸で縫合されていた。その糸目からわずかに血が滲んでいた。

「おこんさん、安心なされ。坂崎さんは不死身ですよ。いや……」

と国瑞が言葉を切り、手際よく傷口の消毒をしてくれた。

「この暑さに化膿もしないとは化け物じゃな。おこんさん、もはや坂崎さんを甘やかす要はありませんよ」

将軍家治の御典医が言い切り、

「桂川先生、有難うございました」

とおこんが両手を突いて礼を言った。

「坂崎さん、二、三日もしたら抜糸できるでしょう。元気になったら、いや、もう十分にお元気だが、快気祝いをいたしましょうか」

「承知しました」

と答えた磐音の背におこんが浴衣を着せかけながら、

「桂川先生、桜子様との祝言の日取りは決まりましたか」

と訊いた。

「来春正月十五日と決まりました。仲人は、御典医頭の松宮凌堂先生ご夫妻に願うことになりました」

「それはおめでとうございます」

「おこんさん、桜子様が、坂崎さんとおこんさんのほうはいつかと案じておられましたよ」

「私どもは今しばらく先のことかと思います」

「あまり先だと、坂崎さんをたれぞが掻っ攫っていかぬとも限りませんよ。桜子様に言わせると、坂崎さんはどうも女が放っておけない御仁らしいですからね」

「大変、綱をつけておかなきゃ」

おこんが真顔で答え、台所に笑い声が起こった。

「よかった、笑い声が起きてな。この御仁、女衆ばかりではない、男の気持ちまでも虜にされる」

「困ったお人です」

「その困ったお人がおこんさんの亭主になられるのです」

と笑った国瑞が、辞去するために立ち上がった。

この日も、今津屋には磐音を見舞う人々がひっきりなしに訪れた。まず、地蔵の竹蔵(たけぞう)親分の手下(てか)から聞いたと宮戸川の鉄五郎親方が幸吉(こうきち)を伴い、鰻(うなぎ)の蒲焼(かばやき)、白焼きを土産(みやげ)に訪れた。

「思ったより元気そうだ」

「浪人さん、床に起きて大丈夫なのかい」

と二人が口々に言う。

「親方の申されるとおり元気じゃ。なにしろ、御典医の桂川甫周先生が早全快と保証されたくらいじゃ」

その言葉を聞いたおこんが、

「桂川先生は、そんなことは一言もおっしゃってないわ」

と抗議した。

「親方、鰻を食する人が多くなる夏場に仕事を休んで申し訳ござらぬ」

「幸吉、そなた方に負担をかけて相すまぬ」

磐音は鉄五郎と幸吉にそれぞれ頭を下げ、詫(わ)びた。

「浪人さん、皆がほんとうに心配したんだぜ」

「幸吉、いや、なんとも詫びの言葉もない」

「竹蔵親分の手下はよ、木下様から聞いたんだ。事情がよく分からねえから、浪人さんが今にも死ぬようなことを話していったんだ。親方も女将さんもおろおろしてよ、一日じゅう仕事にならなかったぜ」

「真にもって心配をおかけした」

磐音はひたすら謝った。

「怪我見舞いに蒲焼と白焼きを持ってきたが、傷口が膿むといけねえや。怪我人は見るだけだぜ。おこんさん、今津屋の旦那方に上げてくんな」

と幸吉は殺生にもそんな指図までしてみせた。

言葉遣いが深川育ちの幸吉に戻っていたが、鉄五郎は磐音の怪我に気をとられて気が付かなかった。

「いや、ようございました。幸吉、怪我に障るといけねえや、おれたちは深川に戻るぜ」

「へえ、親方」

と応じた幸吉が、

「おこんさん、浪人さんの世話、頼んだぜ」

と言い、ようやく気付いた鉄五郎に、

「幸吉、また餓鬼の言葉に戻ったな」

とぴしゃりと頭を張られた。

鉄五郎と幸吉が姿を消したと思ったら、金兵衛が青い顔をして飛び込んできた。

「老分さん、うちの婿が怪我をしたって！　具合はどうだ、弔いを出すことを考えたほうがいいか！」

と店先で怒鳴り、その声を聞きつけたおこんが姿を見せて、

「お父っつぁん、店先で弔いの話なんぞして、縁起でもないわ。ちょいと落ち着いてよ」

と注意した。

「馬鹿野郎、落ち着いてなんぞいられるか。坂崎さんはどうした、今にも息が絶えそうか」

「とにかく奥へ上がってよ」

金兵衛をようやく奥へと招じ上げ、離れ座敷に通した。すると怪我人は鉄五郎親方の心遣いの鰻の蒲焼を食していた。

「なんだえ、鰻なんぞ食って元気ではございませんか」

金兵衛がぺたりとその場に腰を落とした。

「竹蔵親分の手下がさ、あまり深刻な顔付きだもんで、驚いたのなんのって」

ふーうっ
と肩で息をした。

「金兵衛どの、心配をおかけして申し訳ござらぬ」

「元気ならいいや」

とようやく落ち着きを取り戻した金兵衛が、

「折角今津屋さんに顔出ししたんだ、吉右衛門様とお内儀様に挨拶(あいさつ)して帰ろうか」

と言い出した。

「旦那様のご都合をお伺いしてくるわ」

とおこんが姿を消し、

「坂崎さん、ほんとうに肝を冷やしましたよ」

と金兵衛がもう一度言った。

「金兵衛どの、真にもって不覚でござった」

と襲撃されたときの模様を語った。そこへおこんが戻ってきて、

「旦那様のお許しが出たわ」

おこんが金兵衛を奥座敷へ案内するのに磐音も従った。

奥ではいつものように吉右衛門が帳簿に目を通し、そのかたわらにはお佐紀が控えていた。

「金兵衛さん、心配をかけましたな」

吉右衛門が言い、

「正直、祝言も挙げねえ内からおこんを後家にするのかと思いながら、両国橋の人混みを掻き分けてきましたよ」

と金兵衛が心中を吐露した。

「いえね、あの夜、坂崎様の姿を見たとき、私どももそのようなことが脳裏を掠めました。坂崎様が何事もなくて、お互いようございましたよ」

としみじみ吉右衛門も言う。

「おこん、皆をこんなにも心配させて、おまえの亭主になるお人はなんとかならねえのか」

今度は金兵衛がおこんに注文をつけた。

「お父っつぁん、祝言を挙げてないんだから後家になりようはないわ。そう簡単に行かず後家にしないでよ。それに、怪我をしたのは坂崎さんが悪いんじゃないもの」

「それは分かってるが、こんなことが度々起こると、こっちの心臓に悪いやね」

「金兵衛さんの言われるとおりですよ。おこんと所帯を持つのを機に、坂崎様のご身分をなんとか考えなくちゃなりますまいな、金兵衛さん」

「今津屋の大旦那がその気なら、屋敷奉公だってなんだってできようが、そうなるとうちの娘では無理か。なんだって、おれの娘だものな」

と金兵衛があれこれと気を回した。

「金兵衛さん、よい機会です。この際、坂崎様のお気持ちを聞いておきましょうかな」

と吉右衛門もその気になったようで、磐音とおこんを見た。

おこんが磐音を見た。

磐音はおこんの意中を察したように頷き返すと、

「今津屋どの、金兵衛どの、本来ならばわれらが席を設け、相談すべきことかと存ずるが、思いがけなくもこのような機会を得ました。ご無礼は承知で、いささか話を聞いていただきたいことがございます」

「なんですな、改まって」

　と吉右衛門が問い直す。

「玲圓先生からつい先日、このようなお話がございました」

　と前置きした磐音は、自身の養子話を告げた。

　話を聞き終えた吉右衛門の顔が上気して赤く染まり、
　ぽーん
　と膝を一つ打った。

「これはよろしいお話ですぞ」

「吉右衛門様、おこんは町娘ですよ。お武家の嫁にはなれませんよ」

　と金兵衛が悲鳴を上げた。

「金兵衛さん、そんなことはどうとでもなりますよ。おこんをどこぞ武家方に養女に出し、佐々木家の養子になった坂崎様と祝言を挙げればいいことです」

「そんなことができますか」

「できますとも」

　と吉右衛門がぽーんと今度は胸を叩いた。

「そうでしたそうでした。玲圓先生には後継がおられませんでした。坂崎様なら申し分のない後継ですぞ」

と吉右衛門が一人悦に入り、お佐紀が、

「旦那様、おこんさんは、得心のいった話でしょうね」

と念を押した。

「おこん、どうですね」

「今朝方、お話を伺い、坂崎さんの選ばれたどのような道にもご一緒するとお答えしました」

「おこん、その言やよしです」

と吉右衛門が叫んだ。

二

今津屋の奥に、佐々木道場の住み込み師範の本多鐘四郎や、若い門弟のでぶ軍鶏重富利次郎や痩せ軍鶏松平辰平らが見舞いに訪れたと、店から知らせが届いた。

磐音は自ら表に出て、見舞いの挨拶を受けようと考えた。するとおこんが、

「怪我人がふらふらしてはいけないわ」

と磐音が立ち上がろうとするのを止め、

「旦那様、お内儀様、本多様方をこの場にお呼びしてようございますか」

と訊いた。

「おこん、当人がこのように元気なのです。皆さんをお迎えして仮の快気祝いをいたしましょうかな」

と吉右衛門が言い出し、お佐紀は、

「おこんさん、なんぞ若い方々の胃を満たす食べ物がありますか」

とそのことを気にした。

「魚屋から鰹(かつお)が何本か届いております。青物もございますし、それは心配ないと思います」

「ならばおこん、座敷に上がってもらいなされ」

と吉右衛門が決定した。

おこんが店に出てみると、見舞い客十数人の中に、なんと武家の女が一人加わっていた。おこんは鐘四郎のかたわらに立つ人を、

「依田お市」

ではあるまいかと感じ取った。

「依田お市様にございますね」

おこんの問いにお市が腰を折り、

「坂崎様がお怪我をなされたとお聞きし、迷惑かとは存じましたが、本多様に同道を願いました。ひと目だけでも坂崎様にお目にかかり、安心しとうございます。お許しいただけましょうか」

と丁寧に懇願した。

「坂崎さんはきっと喜びます。ささっ、皆さま、ここは店先、奥にお通りください」

「おこんさん、よいのか。このように大勢連れてきた。なにしろ一人が見舞いに行くと言い出したら、おれもおれもと手を挙げおって、まるで鴨の親子の行列のようになってしもうた」

と鐘四郎は困惑の体だ。

「佐々木道場の方々とうちは昵懇です。旦那様もぜひ皆様にお目にかかりたいと申しております。どうか奥へお通りください」

おこんの再三の言葉に、

「では、ちらりと坂崎の顔を見て参ろう」

と三和土廊下から内玄関へ入り、奥座敷に導かれていった。

辰平と利次郎は怪我見舞いの品か、西瓜を抱えている。

「おおっ、天下の豪商の奥はこうなっておるのか。武骨な武家屋敷とはだいぶ佇まいが違うな」

「庭が綺麗に手入れされておるぞ。武家方はどこも貧乏ゆえ、庭師もなかなか入れられぬ」

「普請もなかなかだな」

「幕府の日光社参の金子を都合するほどの分限者だ。店の奥の普請くらい、いかようにもなろう」

　鴨は廊下を歩くときもわいわいがやがやと五月蠅かった。

すでに奥庭に面して風が通る広座敷が二間繋いで広げられ、吉右衛門とお佐紀の主夫婦に金兵衛も磐音もそちらに席を移していた。

「おうおう、賑やかに参られましたな」

　吉右衛門が迎え、おこんが早速、

「旦那様、お内儀様、本多様は依田お市様を伴われておられます」

と紹介した。

お市は廊下にぴたりと座り、

「今津屋様、怪我見舞いとは申せ、厚かましくも押しかけまして申し訳ございません。坂崎様が怪我をなされたと聞いて、なにはともあれお目にかかって安心したい一念で、本多様にお願い申したのです」

と挨拶した。

吉右衛門が、

「依田お市様、ようお見えになられました。坂崎様はうちにとって家族同然のお方です。家族の見舞いに来られた方はどなたもお客様。そこは廊下、どうぞ座敷に入ってください」

と言うところに磐音が、

「お市どの、心配をかけて相すまぬことでした。それがし、このように至って元気にございます」

と無精髭（ひげ）の顔に笑みを浮かべた。

「坂崎様、お元気そうで市は安心いたしました」

「ささっ、お市どのも師範も座敷にお通りくだされ。辰平どの、利次郎どの、抱えた西瓜はそれがしへの見舞いか」

「坂崎様、門弟の懐具合はこんなものです。うちの屋敷に出入りの八百屋に掛け合い、西瓜二つを安値の……」

「待て、辰平。そなた、西瓜の値まで言うつもりか。こういうものは、そっと座敷の隅かなにかに置いておくものだ」

と利次郎が座敷の入口に置いた。

「こうか」

と辰平も真似た。するとその後ろから、

「そこでは出入りに不都合がございます。怪我見舞い、確かに頂戴いたしました」

と由蔵が言い、座を設けるために従えていた手代の文三に、

「文三さん、お預かりなされ」

と命じた。

二つの座敷をぶちぬいた快気祝いの席ができて、全員が座った。

夕暮れに近く、打ち水された庭から風が吹いてきて、なんとも気持ちがいい。

「今津屋どの、今宵は怪我見舞いと思うておりました。まさか快気祝いになろうとは考えもせぬことでした」

と鐘四郎が言う。

「本多様、並の人間なら、生きるの死ぬのとまだ騒がしかったことでしょうな。今朝方、坂崎様は店裏の長屋の空き地で棒を振り回して、おこんに叱られたようです」

「坂崎、そなた、早、稽古をしたか」

「師範、稽古というほどのものではございませぬ。腕が動くかどうか試してみたのです」

「おこんさんに叱られ、稽古をやめられたのですか」

辰平が、鐘四郎と磐音の会話に加わった。

「それがし、おこんさんにはどうにも太刀打ちできぬでな。辰平どの、素直に従うたぞ」

「私は坂崎さんのお体を案じただけです。皆様は、私が鬼か夜叉のように考えておられます」

「いや、おこんさん、そうではないぞ。おこんさんはそれがしにとって母上か観音菩薩様にも等しいゆえ、それがし、忠言は素直に聞くことにしておるのじゃ」

「師範も坂崎様を手本になさいますか」

利次郎が矛先を変えた。

「それがしか」

と鐘四郎がそっとお市を見た。

「どうぞ忌憚のないところを皆様の前でお聞かせください。今後のよすがにさせていただきます」

とお市に請われ、鐘四郎が、

「お市どの、それがし、坂崎磐音の真似をしようにもできぬわ。坂崎の素直さは天性のものだ。他人がそのようなことを口にすると、なんぞ下心がありそうだと怪しまれよう。お市どの、それがしなりに考えて行動をいたそうと思うが、いかに」

「それで結構でございます」

「よかった」

鐘四郎がほっと胸を撫で下ろしたところに、女衆が酒や膳を運んできた。

鰹の刺身が大皿に盛られて、夏を思わせる。さらに宮戸川から届いた鰻の蒲焼も白焼きもあった。青物も彩り鮮やかだ。

大所帯の今津屋ならではの早業だった。

「まさかお酒を頂戴しようとは、考えもしなかったぞ」

酒が好きな利次郎など相好を崩しっぱなしだ。

「おい、利次郎、初鰹を食したか」

「今年はまだだ。去年も一昨年も食さなかったような気がするぞ。今なら一尾何両もしよう。西瓜で鰹を釣ったな」

「辰平、利次郎、そのようなさもしい話をいたすでない。そなたら、仮にも武家の子弟であろうが」

「師範、そう言われても、武家方の台所なんて貧しいものです。依田家に婿入りするとよく分かります」

「これ、お市どのの前で失礼なことを申すな」

鐘四郎が慌てて注意したが、お市はころころと笑い、

「鐘四郎様、辰平様方がおっしゃるとおりにございます、余りの慎ましさに驚かないでくださいませ」

と言った。

お市もこの場の雰囲気にすぐに溶け込んだようだ。

「おこん、まずはお酒をな」

と吉右衛門が命じ、おこんとお佐紀とお市が全員の杯を満たした。それを確かめた吉右衛門が、

「今宵は坂崎磐音様の仮の快気祝いにございます。俄かに調えましたゆえ膳が寂しゅうございますが、酒だけはたっぷりとございます。好きなだけ召し上がってください」

と挨拶し、

「坂崎様、まずは怪我の回復、重畳にございます」

と磐音に言いかけ、

「此度は皆様をお騒がせ申し、真に恐縮千万にございます。お蔭をもちまして順調に回復しておりますれば、もはや心配無用にございます」

「おめでとうございます」

と一座の者が酒を飲み干した。

磐音は盃に口を付けただけで膳に戻した。それをおこんがそっと見ていた。

「お市様、依田家は西の丸御納戸方がお役目だそうにございますな」

吉右衛門が初対面のお市を気遣い、訊いた。

「はい」

「本多様が依田様に婿入りなさいますと、お役目を継がれることになりそうですかな」

お市は頷くとしばし考えた後、

「未だ鐘四郎様にも申し上げていないことですが、父上が昨日城を下がって参りまして申しますには、西の丸老中に呼ばれ、依田家では佐々木玲圓先生の師範を婿に迎えるというが真か、と質されたそうにございます」

「お市どの、そのようなことがございましたので」

鐘四郎が不安そうな顔をした。

「鐘四郎様、ご案じなさいますな。なんでも西の丸様も佐々木先生をご存じとか。よきところから婿を迎えたな、と西の丸様もお慶びになっておられるというお話だったそうです。父上も、城でこのようなことがあったと嬉しそうな顔で戻って参りました」

「それはようございましたな」

と由蔵が応じ、

「本多様、ご出世の糸口かもしれませんぞ」

と言った。

「それにしても、どうして本多様がわが家に入られることを西の丸様はご存じなのでしょうか」

お市は不思議そうだ。

「お市様、玲圓先生の剣友やお知り合いには、家治様の御側御用取次速水左近様をはじめ、幕閣の方々が大勢おられます。西の丸様のお耳に入ったとしても、なんの不思議もございません。うちの老分さんが申しますように、軽々には言えませぬが、本多鐘四郎様に相応しきお役目を命じられるやもしれませぬな」

と吉右衛門が請け合った。

日光社参に際し、西の丸様こと徳川家基が密行し、そしてその道中に佐々木玲圓や坂崎磐音が同道し警護したことは、この場の限られた人間しか知らない話だ。

お市が不思議がるのも無理はなかった。

「師範、酒井家から篠田多助どのは参られましたか」

磐音は道場のことに話題を変えた。

「来た来た。あの者、癖があるが、なかなかの遣い手だぞ。酒井修理大夫様がうちの柿(こけら)落としの大試合に出したいと思われる理由が分かった。痩せ軍鶏などまるで赤子扱いだ」

と鐘四郎が辰平を見た。

辰平は蚕豆(そらまめ)を抓(つま)んでいたが、

「坂崎様、篠田という御仁、不思議な癖の剣技の持ち主ですよ。背に回して隠された竹刀(しない)がいきなり出てくるのですが、右からくるか左からくるか、はたまた頭上から襲いくるか見当も付きません。気が付いたときには強(したた)かに面を叩かれております」

と悔しそうな顔をした。

「そうだ、忘れておりました」

と鐘四郎が大声を上げ、

「玲圓先生から言付(ことづ)かっておりました」

と懐から吉右衛門宛の柿落としの祝宴への招待状を差し出した。

「坂崎様が欠場なさるのはなんとも残念ですが、大試合、楽しみにしております。佐々木道場の出場者は決まりましたかな」

と訊いた。

「江戸から選抜された剣士が、各道場や大名推薦を合わせ、三十人を超えました。そこで先生は四十人を目処にわれら門弟で調整をつけるお考えのようで、佐々木道場からは、糸居三五郎、田村新兵衛、赤津頼母、根本大伍とそれがしを指名されました。外の方が増えるならば、佐々木道場の出場者を減らすことになろうかと思います」

この言葉に辰平らが、

わあっ

と沸いた。知らなかったことのようだ。

「梶原正次郎様は入らなかったか。水田忠輔様も洩れておるぞ」

と利次郎が指を折った。

「いや、利次郎どの、なかなかの陣容ではないか。最後には師範が控えておられる、なんの心配もいらぬ」

と磬音が首肯した。

「坂崎、正直申しておれにはちと荷が重い。そなたがおれば気楽に試合に臨めたのにな」

と嘆いた。いや、落胆した。

「鐘四郎様、自分なりに全力を尽くされれば道は開けます」

お市が励ます。

「師範、普段の力を出されればなんの心配も要りませぬ」

磐音が励ましたとき、筆頭支配人の林蔵に案内されて新たな顔が姿を見せた。

南町奉行所定廻り同心の木下一郎太だ。

「お歴々お揃いでございますね。支配人に話を聞きましたが、坂崎さんの怪我も順調に回復とか、なによりです」

と廊下から挨拶し、

「ささっ、木下様、こちらへ」

と由蔵が座を作り、おこんがすぐに新たな膳を用意した。

磐音は顔を汗みどろにした一郎太の様子から、御用先から立ち寄ったなと推量をつけた。だが、そのことをその場で持ち出すことはなかった。

仮の快気祝いは五つ（午後八時）の刻限にお開きになり、金兵衛は今津屋が用意した駕籠で深川六間堀へと戻っていき、本多鐘四郎に引率された佐々木道場の面々とお市も、賑やかに米沢町から神田三崎町へと上がっていった。

その見送りに磐音とおこんは出た。

「皆さん、お帰りになったわね」

どこから飛んできたか、蛍が一匹淡い明かりを点して二人の目の前を飛んでいった。

「思いがけなく馳走になりました」

最後まで残っていた一郎太が姿を見せた。

「なにか御用があったのではありませんか」

磐音の問いに頷いた一郎太が、

「本日、川崎宿まで遠出してきました。一昨日未明、宿場の質商大黒屋に押し込みが入り、主と番頭を見せしめに殺し、金蔵の金子五百七十両だけを奪い逃走いたしました。五人組との情報を得て川崎に飛んだのですが、どうも佐渡銀山を抜けた庚申の仲蔵一味の仕業と思えます。仲間同士は滅多に口を利き合わなかったそうですが、厠に逃げ込んだ女中の一人が、裏口から逃げる一味の一人が、髪結、と呼びかけ、頭分に怒鳴られたのを耳にしています。一味には髪結の千太というのが混じっていますからね、仲蔵らはやはり佐渡から本土に漕ぎ着き、東海道から大回りして江戸を目指しているようです」

「川崎宿の仕事の後、どこぞへ逃げるということは考えられませんか」

「いえ、この前も言いましたが、庚申の仲蔵、江戸では大仕事を一度だけ務め、大金を握ったところで、どこぞに隠れ住んで余生を過ごすと奉行所内では見ています。川崎宿での押し込みは、江戸での大仕事の仕度金の調達ですよ」

と一郎太が言い切った。

「すでに江戸入りしていますか」

「間違いありません。それを知らせに来ました」

「それがし、当分今津屋に寝泊まりいたします」

「怪我をしておられます。品川さん方の助勢を考えられてはいかがです。われらは江戸全体の目配りをせねばなりませんので、こちらばかりを見回るわけには参りません」

「木下どの、ご助言承(うけたまわ)った。老分どの方と相談いたそう」

友の気遣いに磐音は答え、一郎太は安心したように八丁堀の役宅に戻っていった。

三

今津屋の奥にある湯屋では朝湯が沸かされ、おこんの助勢で磐音は湯殿に入り、傷が濡れないように固く絞った手拭いで体じゅうを拭われ、さっぱりした。

おこんはその最中にも、

「いいこと、道場に行くのはいいけど、稽古などしないでね」

とか、

「傷口から出血しても知らないわよ」

とか、注意を重ねた。

「承知しておる。それに佐々木先生が許されるものか」

「そうね、玲圓先生が許されないわね」

ようやくおこんが安心したように言い、

「今度は頭を下げて」

と命ずると、解いていた髷を丁寧に洗ってくれた。

「さっぱりした」

「夏の盛りに何日も湯に浸かっていないんですもの、汗をかいて垢だらけだったわ」

おこんは器用に髷を束ねてくれた。

「私ができるのはここまでね」

「髪結床に参る」

浴衣を着せられた磐音は脇差だけを差して今津屋の裏口を出て、米沢町の裏手に店を構える海老床（えびどこ）に行った。店は開けたばかりで小僧が通りを箒（ほうき）で掃いていた。

「親方、朝早くからすまぬが、頭を結い直してくれぬか。それと髭も当たってもらいたい」

「おや、今津屋の後見かえ。元気になりなすってなによりだ」

顔を出した親方は、磐音の怪我を承知か、そんな言葉をかけ、

「座りなせえ」

と命じた。

朝早いのでまだ陽射（ひざ）しは強くもなく、店の中に涼気が残っていた。

「梅雨はどこへいったのかねえ」

親方が雨を案じ、怪我の具合を気にかけてくれた。

「町内の皆様にも心配をかけて相すまぬ。かすり傷ゆえ、心配は要らぬ」

「そうでもあるめえ。今津屋には見舞いの客が次々に出入りしていると、小僧さんが喋(しゃべ)っていったよ」

「不覚であった」

「襲われたのは柳原土手だってね」

「つい物思いに耽(ふけ)っていて、刀を抜き合わせる間がなかった」

「おこんさんのことでも考えていたかね」

「まあ、そんなところじゃ」

親方は磐音と会話しながらも洗い立ての髪を梳(す)き、本多髷(ほんだ)に結い直してくれた。さらに伸び切った無精髭を剃(そ)り上げてもらい、さっぱりした。

「親方、これで怪我も治った気がいたす」

磐音は髪結い代になにがしかを加えて支払い、

「今日も暑くなりそうじゃ、親方」

「そのせいで日中は閑古鳥(かんこどり)だぜ。いやさ、馴染(なじ)みが来ても小上がりで昼寝をしていきやがる」

と苦笑いした。

今津屋に戻るとおこんが白絣の小袖に夏袴を用意してくれていた。

刺客に襲われたとき、着ていた衣服は斬られた上に血塗れになり、柳原土手を転がり回ってずたずたに破れたため、おこんも、

「これじゃあ、繕いもできないわね。洗って古着屋に出すわ」

と処分することを磐音に告げていた。

「おこんさん、ようもこのような着替えがあったな」

「だって着たきり雀ではお付き合いに差し支えるでしょう。季節のものはなんとか揃えてあるわ」

「なにっ、それがしの衣服をおこんさんが購ってくれているのか。それは相すまぬ。なんとか呉服代を工面せぬとな」

磐音は、どこぞから金の入る当てがあったかと考えたが、思い付かなかった。

「殿方はでんとしているものよ。細かいことを気にしてはいけないわ」

おこんは磐音の周りをぐるりと回って着付けを点検し、

「上々ね」

と呟いた。

磐音は無銘の脇差一尺七寸三分（五十三センチ）を真新しい帯に差し、久しぶ

りに備前包平(かねひら)二尺七寸（八十二センチ）を手にした。

柳原土手を転がり回ったので鞘(さや)の塗りが剝(は)げていた。近々、塗り直してもらうしかないなと考えながら、

「出て参る」

と今津屋の内玄関から三和土廊下に下りた。

「はい、これ」

おこんが菅笠(すげがさ)を渡してくれた。

「早、陽射しは強くなったか」

「雨はどこへいったんでしょうね」

おこんも髪結床の親方と同じく雨を気にかけた。

三和土廊下から店に出ると、

「お早うございます。道場に行かれますか。元気になられてよかった」

と帳場格子(ごうし)から由蔵がしみじみと言った。筆頭支配人の林蔵ら大勢の奉公人も客の応対をしながら、磐音の様子をちらりと見た。

「皆様、心配をかけて相すまぬことでした。お蔭さまでこのように元気になり申した。礼を申します」

と挨拶すると、店におこんが姿を見せて、

「まだ傷口に糸が残っているということをくれぐれも忘れないでね。帰りには淳庵先生のところに寄るのよ」

と注意した。

「すべて心得ておる」

磐音はおこんに会釈すると菅笠を手に表へと出た。それを見送る由蔵が、

「おこんさんを悲しませるようなことが起きなくてようございましたよ」

と呟く声がおこんの耳に届いた。

道場の中から竹刀で打ち合う物音や摺り足の気配が響いてくるような錯覚に、磐音は駆られていた。

磐音はほぼ完成なった佐々木道場の表玄関に立っていた。式台の真上に天慧師の揮毫した、

「尚武館道場」

の仮の扁額が掲げられ、一段と風格が漂う道場へと変わっていた。

今の刻限、玲圓以下門弟たちは丹波亀山藩の道場で稽古をしていた。道場には

最後の手直しをする職人衆がいるだけだ。

「おや、坂崎ではありませんか。元気になられてようございました」

とおえいの声が背に響いた。

「おえい様、心配をおかけしました」

「心配なされたのは、おこんさんと今津屋の方々でしょう」

「はい。此度はすっかり世話をかけました」

「おこんさんは、いつ何時命を落とすやもしれぬ武術家の女房など嫌だと申されませんでしたか」

とおえいが思いがけないことを口にした。どうやら玲圓から話を聞かされたようだ。

「おえい様、それがしがどのような道を選ぼうと、おこんさんは一緒に従う覚悟と答えました」

「おおう」

とおえいが喜びの声を上げ、

「ようございましたな」

と言ったものだ。

磐音は、近い将来養母になるであろうおえいに小さく頷き返した。するとおえいが、

「坂崎、亀山藩の道場に参られますな」

「そのつもりです」

「ならばわが亭主どのに、突然ですが、本日お寺様に参り、ご先祖様にご報告いたしますと伝えてくだされ」

「承知しました」

「坂崎、体を動かしてはなりませんぞ」

とここでもおえいに釘を刺された。

亀山藩の道場では、篠田多助と佐々木道場の高弟の一人梶原正次郎が激しい動きで立ち合う光景が、いきなり磐音の目に飛び込んできた。

磐音は道場の端に立って見物することにした。すると目敏く磐音の姿に目を留めた本多鐘四郎が飛んできて、

「おうおう、元気になってよかった」

と顔を崩して喜んでくれた。

「やはり道場に入るとほっとします」

「どうだ、大軍鶏の喧嘩（けんか）は」

と顎（あご）で、篠田多助の迅速な動きにたじたじとなった梶原と篠田の立ち合いを差した。大軍鶏とは、六尺豊かな長身の篠田のことを差すのだろう。

「動きが早うございますな」

「早いだけではない。足を器用に踏み換えたり、竹刀の持ち手を替えたりと、変幻自在でなかなか読めんのだ」

鐘四郎も立ち合った様子でそう評した。

動きに攪乱（かくらん）された梶原がうんざりしたところを、篠田に小手で仕留められた。

「よいな、坂崎。あやつは剣術となると、礼儀もなにも忘れおる。立ち合いを求められてもここ当分は駄目だぞ、断れ」

とここでも注意を受けた。

「そうします」

と答えた磐音は玲圓の姿を見所（けんぞ）下に認めて、挨拶に向かった。

「先生、心配をおかけしました。このとおり、元気になりましてございます」

「来たか」

と笑みで応じた玲圓が、

「動けるか」

「なんとか」

と磐音が応じたところに篠田多助が近寄ってきた。

「坂崎どの、お怪我をなされたと聞き及びましたが、拝見するに経過のほうは順調のようですな」

「なんとか道場に出てくるところまで回復しました」

「お元気ならば一手ご指南いただきたいと思いますが、いかがにございますか」

磐音は両眼をぎらぎらと光らせる篠田を見た。そして、鐘四郎から、

「あやつは剣術となると、礼儀もなにも忘れおる」

と聞いたばかりの言葉を思い出した。

磐音は、酒井修理大夫邸の門前で主君の前に這い蹲っていた篠田多助とは別人の表情を見せる剣術家に関心を持った。

「坂崎、動けるならば立ち合うてやれ」

と玲圓が言い、

「はっ、それがしでよければ」

と自然に受けていた。

おこんらの忠告を忘れたわけではない。だが、武人である限り、怪我をしたゆえ、病ゆえと立ち合いを避けるわけにはいかなかった。そのことが、その返答を吐かせていた。玲圓もまたそう考えたゆえに命じたのであろう。

「先生、それがしが代わりましょうか」

気配を感じた鐘四郎が飛んできて、申し出た。

「本多、見ておれ」

と玲圓に一蹴され、鐘四郎も引き下がらざるをえない。

篠田多助はすでに道場の中央にいて、前後左右に素早く動いて体を解していた。

「師範、竹刀を借り受けます」

磐音は手にしていた包平に加えて腰から脇差を抜き、鐘四郎の竹刀と交換して、篠田の前に立った。

「篠田どの、宜しくお願い申す」

篠田ははっと頷いただけで、一歩、

ぽーん

と飛び下がり、竹刀を上段に構え、体を前後に動かし、態勢を整えた。

六尺の長身ながら、下半身と上半身が均衡の取れた体をしていた。

磐音は竹刀を正眼に構えた。

切っ先を篠田の眉間にぴたりと付けた。

その瞬間、篠田の体が硬直したように動きを停止し、固まった。

顔が見る見る朱に染まり、
うんうん
と唸り声を洩らした。

磐音はただ竹刀を、春先の縁側に香箱を作って居眠りをする老猫の如き様で、ひっそりと構えただけだった。

見物の衆にはそれが長閑な立ち姿と見えた。

だが、立ち合う篠田は身動き一つできず、ただうんうんと声を洩らしていた。

「篠田どの、どうなされた」

鐘四郎が声をかけた。

その声に覚醒したか、固まっていた篠田が急に弾かれたように動き出し、上段に構えた竹刀を背に隠れるほどに回した。

辰平が、右からくるか左からくるか、はたまた頭上から襲いくるか見当も付かぬと嘆いた構えだ。

磐音が、

すいっ

と摺り足で一歩前進した。

すると篠田が微風(そよかぜ)に体を押されたように後退した。それでも、背に隠した竹刀をどこから出すかを必死で探っている様子があった。

だが、磐音が一歩進むごとに篠田が段々と後退していき、背に道場の板壁を負うほどに押し込まれた。

「篠田どの、あとがござらぬ」

門弟の一人が思わず注意を促した。

その直後、腹に溜(た)めていた力を吐き出すように篠田が前進して、磐音との間合いを詰め、背に付けるほどに隠していた竹刀を右横手から電撃の早さで繰り出すと、磐音の肩口に狙(ねら)いを定めて襲いかかった。

磐音はその場で、

そより

と動くと竹刀を振るった。
突進してきた篠田の小手を叩いた竹刀がそのまま変転し、面上に、
ぴしゃり
と軽く落ちた。
篠田の手から竹刀が飛び、腰が、
がくり
と落ちて、横手に転がった。
道場は磐音の早業に粛として声もない。
磐音が元の位置に戻り、正座した。
篠田はわが身に起こったことがしばし理解できないようで、上体を起こすと頭を振っていた。そして、ふと我に返ったか、
がばっ
と跳ね起き、きょろきょろと辺りを見回した。そして、磐音が正座する姿に目を留め、道場の床を這いずるように進むとその前に平伏した。
「坂崎様、身の程知らずにございました」
篠田の背中はぶるぶると震えていた。

「篠田どの、坂崎とは相性が悪いか」

笑みを浮かべた玲圓が話しかけた。

「先生、相性の問題ではございません。篠田多助、ちと増長しておりました。お許しくだされ」

と言うや、

がばっ

と跳ね起き、脱兎の如く道場の外に飛び出していった。

「いささか落ち着きに欠けるな」

玲圓が感想を洩らし、

「大試合に出てこられるかのう。修理大夫様ががっかりなされように」

と酒井忠貫の気持ちを案じた。

その後、磐音は見所下に座って稽古の見物に回った。玲圓もかたわらに座し、

「技よりも気持ちに余裕がないわ」

と篠田多助の剣術の評を続けた。

「格下と自らが考えた相手には滅法強いが、相手が上と感じると、蛇に睨まれた蛙の如く動きが付かぬ。あの辺をなんとかせぬと、修理大夫様を満足させられ

剰な反応が生じるのやもしれませぬ」
「大名家の暮らしは厳しい序列にさらされておりますゆえ、篠田どののような過
二人の脳裏には期せずして酒井邸門前の光景が映じていた。
る剣術家にはなれまい」

「道場に入った以上、身分の上下を忘れぬと、剣はものにはならぬ」
玲圓がなぜ篠田の相手をせよと命じたか、磐音はおぼろに察しがついた。その
ことを、身を以て教えたかったのではあるまいか。
「先ほどおえい様にお目にかかった折り、ご先祖様にご報告のためお寺様に参る
旨、言付かりました」
玲圓が訝しげな顔で磐音を見た。
「おえいがお寺様に参るとな」
と呟いてしばらく考えていた玲圓が、
うーむ
と膝を叩き、
「そうか、さようか。おこんさんが承諾いたしたか」
と問うた。

「はい」

「目出度(めでた)い。過日、速水様より、そうなればおこんさんを速水家の養女としようとの仰せをいただいたわ」

「おこんさんは速水おこんとなりますか」

「ゆくゆくは佐々木おこんとなろうか」

「はい」

二人は実の父子のように頷き合った。

四

磐音は道場からの帰りに、若狭小浜藩酒井家に中川淳庵を訪ねた。怪我の具合を診てもらうためだ。門前で訪(おとな)いを告げるとすぐに式台内玄関へと案内された。門番は、過日修理大夫に呼ばれた磐音の顔を見覚えていたからだ。

玄関番の若侍が淳庵へ磐音来訪の旨を告げに行き、戻ってくると、

「淳庵先生の診療所に案内(あない)いたします」

と磐音を奥へ招じ上げた。

長い廊下を幾曲がりもして、最後に渡り廊下を渡ると、離れ屋からそこはかと

なく薬を煎じる匂いが漂い流れてきた。

酒井家の家臣にして蘭方医の淳庵は、離れ屋に診療所を設けていた。

「おおっ、見えましたか」

淳庵が手で座るように命じ、

「まずは傷口を診ましょうか」

と磐音に、袴を脱ぎ、白絣の単衣の両腕を抜くように命じた。磐音は命じられるままに上体を裸にして傷が見えるようにした。

診療所は畳敷きではなく板の間で、二十畳の広さがあった。壁には薬が並ぶ棚や小引き出しがあり、隣座敷には書物が積まれていた。

その診療所の一角に高脚の寝台があって、磐音はそこに右脇腹を上にして寝るよう命じられた。

見習い医師が二箇所の傷の包帯を解き、傷を晒した。

淳庵が一目見て、

「篠田と立ち合われたにしては出血もないな。あやつ、あなたに赤子扱いにされたようですね」

と苦笑いした。

「ようも承知ですな。それがしとの立ち合いを」

「篠田は、大試合を辞退して腹を切るだのなんだのとお長屋を騒がせたと聞いたところです。ようやく騒ぎが鎮まったとか」

と磐音に説明した淳庵が、

「慶次郎(けいじろう)、篠田を呼んでくれ」

と命じた。

淳庵は磐音の傷を消毒していたが、肉の盛り上がり具合などを確かめ、

「二、三日内には抜糸できるでしょう」

と保証してくれた。

「どうです。大試合に出たいでしょう」

「いえ、此度は世話役に回ります」

「はて、どうなりますか」

と応じたところに、見習い医師に伴われて悄然(しょうぜん)とした様子の篠田多助が姿を見せた。

「坂崎様、最前は真にもって見苦しきところをお見せしました」

廊下に這い蹲った篠田がもそもそと磐音に詫び、額を廊下に擦(こす)り付けた。

「篠田、怪我人との立ち合いを強要し、さもしくも勝ちを得ようと考えたか。そなた、坂崎どのゆえ命を取られずに済んだのだぞ」

淳庵が教え諭(さと)すように言った。

「はっ、真にお恥ずかしき次第にございます」

「そなた、どのような了見で剣の修行をしておる。ちと腕前が上達したからとて、増長するにもほどがある。その上、腹を切るなどなんだのとお長屋を騒がせたそうだな。そなた、奉公をなんと心得る」

もはや篠田は淳庵の叱声(しっせい)に応(こた)える術(すべ)を知らなかった。偏(ひとえ)に額を廊下に擦り付けていた。

「殿のお声がかりの佐々木道場柿落としの大試合、そなた辞退する所存か」

「はっ、それがよかろうかと」

「戯(たわ)けが！」

淳庵の怒声が診療室に響き渡った。

「殿に二重三重に恥をかかせる気か。そのような存念なれば奉公も適(かな)うまい。即刻長屋を出よ」

と叱咤(しった)されて、篠田はぶるぶると大きな体を震わせた。そして、小さな声で、

「それがし、即刻お長屋を退去いたします」

と泣くような声で言った。

「馬鹿者が。まだ分からぬか！」

「中川先生、それがし、どういたさば宜しいので」

篠田の声は蚊の鳴くように小さいものだった。

しばし淳庵は瞑想し、

「大試合には、そなたが必死に立ち合うても敵わぬ方々ばかりが出場なされる。篠田多助、そなた、大試合に出て徹頭徹尾負けて参れ」

「殿に恥をかかせることにはなりませぬか」

「殿は全力を出して負けた家臣を叱られるほど、器量の小さいお方ではない。面を叩かれ、尚武館道場の床に転がされて世の中の広さを知れ」

「はっ」

「大試合の後、佐々木玲圓先生のもとに弟子入りいたし、最初から修行をし直せ。そのためにも大試合に出よ。分かったか」

「はっ、はい」

「改めて坂崎どのにお願いいたせ」

「坂崎様、それがしを大試合に出してくだされ」

「篠田どの、佐々木先生はそのように希望しておられます。酒井修理大夫様のためにも全力を尽くされよ」

「はっ」

と篠田の体がさらに低く廊下に這い蹲った。

今津屋に戻ると由蔵が目配せして立ち上がった。なにか話があるようで、台所に向かった。磐音も店の隅から奥に向かった。

おこんが昼餉の膳の用意をしていたが、磐音の顔を見て、

「淳庵先生のところに寄ってきた」

と訊いた。

「傷の具合はどうだった」

「二、三日で糸が抜けるらしい」

「よかった」

おこんは安心したように仕事に戻っていった。

由蔵がおこんの様子を見て、視線を眼前の磐音に移した。

「木下様が先ほど立ち寄られました。つい一刻（二時間）前、庚申の仲蔵をこの界隈で見かけたそうです。下っ引きが見かけ、あとを尾行しようとしたら、若い女が下っ引きになにやかにやとしつこく話しかけ、道を訊いたそうで、その隙に仲蔵は姿を消したそうな」

「やはり江戸入りしていましたか」

「木下様方は、女も仲蔵の一味と見ておられます」

「下見の最中だったのでしょうか」

「おそらく間違いのないところでしょう」

「今津屋を狙う気か」

磐音は呟いた。

「とは限りますまい。この界隈にはいくらも大店がございます」

「品川さんと竹村さんを頼み、当分、三人態勢で警戒に当たりましょうか」

「それが宜しゅうございます」

その話を近くで聞いていたおこんが、

「素麺ができるけど食べていく」

と磐音の腹を心配した。

「素麺か。暑いときにはなによりじゃ」

「老分さんもご一緒にいかがです」

「坂崎様のお相伴をして早昼にしましょうかね」

と由蔵も付き合うことになった。

白髪葱、三つ葉、一味唐辛子を入れた汁で、冷水に浮かべられた素麺を啜ると、口の中に涼が広がり、なんとも美味しい。

磐音は素麺とじゃこ入りの握り飯を二つ食べて、

「怪我人の食欲とも思えませぬな」

と由蔵に感心された。

「坂崎さん、まさか稽古をしなかったわよね」

おこんが不安そうな顔を向けた。

「稽古はいたさぬ」

「稽古はしなかった」

磐音の返答が微妙に違うことに気付いたおこんが、

「稽古はしなかったけど、なにをしたの」

うーむ

と磐音は唸った。

「正直に話しなさい」

「怒らぬか」

「呆れた。なにかやってますよ、老分さん」

おこんが悲鳴を上げた。

「おこんさん、当人がこのように元気なのです。まずは話を聞きましょうか」

おこんが由蔵の言葉に頷き、催促するように磐音を睨んだ。

「いや、篠田多助どのと申される酒井修理大夫様のご家臣がな、立ち合い稽古を望まれ、先生が受けてやれと申されたので、軽く立ち合うただけじゃ」

「なんてこと。傷口は開かなかったの。出血はしなかった。淳庵先生に叱られたでしょう。佐々木先生はなぜそんなことを命じられたのかしら」

おこんが矢継ぎ早に心配を口にし、由蔵が、

「おこんさん、当人はこのとおりなのです。少し落ち着きなされ」

と呆れ顔をした。

「だって、老分さん」

「だってもへちまもありません。まずは立ち合いの一部始終を伺いましょうか」

と磐音を見た。

「一部始終もなにも……」

磐音は篠田多助が一人相撲をとった様子と、小浜藩邸に戻ってからの騒ぎを述べた。

「それは大試合を前に、篠田様にはよい薬になりましたな。玲圓先生もそのことを気付かせようと、坂崎様に無理を願われたのですよ」

「まあ、そんなところでしょうか」

「まあ、井の中の蛙どのには早く世間を知らしめることが大事でしてな」

由蔵が話を締め括った。

井戸端に出た磐音は、口を漱ぐと青空を見上げた。

梅雨はどこにいったのか、雲ひとつ浮いてない。

一旦台所に戻った磐音の、包平の鞘をおこんが見ていた。そのかたわらでは、宮松一人が猛然と素麺を食していた。

「鞘の塗りが剝げているわね」

「さよう。帰りに長屋に立ち寄り、着替えとともに長船長義に替えて参る」

小僧の宮松は素麺を食べた後、握り飯にかぶりついていた。

「宮松さん、そう急ぐことはないのよ」

おこんが注意すると、

「だって坂崎様は仕度をなされておられます。後見を待たせるわけには参りませんよ」

と言った。

「なにっ、宮松どのはそれがしと同道いたす所存か」

「老分さんに供を命じられたのです」

「それがしならば供など要らぬぞ」

「違うの。品川様と竹村様のところへ、いただき物の素麺を届けてもらおうと思ったのよ。宮松さんは荷運びに付いていくのよ」

「日中、気の毒をさせるな」

「いえ、お店の仕事より外出が楽しいんです。坂崎様、お断りにならないでください」

「そういうことか。ならば宮松どの、まずは口の端の飯粒を取るがよい」

宮松は飯粒を抓んで急いで口に入れ、残りの握り飯も食べて、

「お待たせいたしました」

と磐音に言った。

「宮松さん、荷は風呂敷に包んであるわ。下のほうが竹村様よ。あちらは子供がいらっしゃるから甘い物が入っているわ」

「承知しました」

おこんが差し出した脇差を腰に差し、包平を受け取った。

「小僧さん、ほれ、背中を向けなされ」

おきよが宮松に風呂敷包みを背負わせると、胸前で風呂敷の両端をきりりと結んだ。

次いで磐音はおこんから菅笠を受け取ると、

「行って参る」

と挨拶して三和土廊下から店へと出た。

その瞬間、磐音の体にびりびりと走ったものがあった。

だれかに見られているような予感がした。

磐音は広い店を見回した。

昼前だというのに大勢の客が詰めかけ、林蔵以下奉公人たちが応対に追われていた。だが、怪しい人物は見当たらなかった。

「坂崎様、お願いいたしますよ」

と由蔵が声をかけ、

「夕暮れ前までには戻って参る」

と返答した。

今津屋の店先から両国西広小路を見ると、いつもより広小路がすっきりと見渡せた。

暑さのせいで人出が少ないのだろう。

神田川から吹く風に乗って一羽の燕が舞い上がってきた。

「宮松どの、それがしが半分持とうか」

「坂崎様、これくらいの荷は平気ですよ」

と宮松が笑いかけた。

「近頃体がしっかりしてきたな。身丈もだいぶ伸びたようじゃ」

「この一年で一寸五分以上も伸びたので、支配人の和七さんに、半鐘泥棒になる気かとからかわれます」

「育ち盛りはそんなものじゃ」

二人は広小路を抜けて両国橋に掛かった。

橋番もうんざりとした様子で、番小屋の軒下でぐったりとしていた。

「まず品川さんのお屋敷に参ろう」

長さ九十六間の橋上も、いつもより人混みはまばらだった。橋を渡りきったところで、若い女の花売りが茣蓙に花を巻き込んで通りがかりの人に声をかけていた。仏花を売る女か。

磐音と宮松をちらりと見たが、客ではないと即座に判断したか、目を外した。

磐音は、

（初めて見る花売りだな）

と思いながらその前を通り過ぎた。

「坂崎様、河端を行きましょうよ。そのほうが、いくらかでも川風が吹いて涼しいですよ」

「そういたそう」

二人は両国東広小路を斜めに抜けて、藤堂橋場から横網町の辻へと大川沿いに上がり、御厩河岸の渡し船の往来が見える石原橋で東に折れ込み、入堀の端を南本所に抜けた。

北割下水の品川邸はもうすぐだ。御家人屋敷が並ぶ石原町から荒井町へひたひたと進むと、昼餉の匂(にお)いや内職をする気配が漂ってきた。

「ご苦労だったな」

磐音は馴染みの品川邸の傾きかけた門前で宮松を労(ねぎら)い、青瓢箪(あおびょうたん)がぶらぶらと下がる敷地に入った。

二人は玄関へは回らず、いつも幾代と柳次郎が内職をする縁側へと向かった。

すると大鼾(おおいびき)が聞こえてきた。縁側で竹村武左衛門が大の字になって昼寝をしていたのだ。

「他所(よそ)様のお宅で呆れた」

宮松が驚きに目を丸くした。

気配を感じたか、奥から柳次郎が姿を見せた。昼餉を食していたようだ。

「どうしました」

磐音はだらしない武左衛門の寝姿を見ながら柳次郎に訊いた。

「朝っぱらから勢津(せつ)どのと夫婦喧嘩をしたらしく、行き場所がないとうちに来て、この有様です。どうやら昨夜(ゆうべ)はどこぞで遅くまで飲んでいたようです」

幾代も出てきて、

「坂崎様、うちは旅籠(はたご)ではございません。それをこの方ときたら」

と嘆いた。

「幾代様、お許しください。今晩から竹村さんを引き取ります」

と言うと武左衛門が、口の端から涎を垂らしながらむっくりと起き上がり、

「なんぞうまい仕事が舞い込んだか」

と磐音に訊いた。

「なんだ、眠っていたのではないのか」

「他人の家だ。気が散って眠れるものか」

「大鼾をかいておきながら眠っておらぬだと」

柳次郎が呆れ顔で吐き捨てた。

「竹村様は段々箍が外れていかれますぞ」

幾代もここぞとばかり攻撃に加わった。

「坂崎氏、仕事はどこかな」

武左衛門は親子の非難などどこ吹く風で磐音に訊いた。

「今津屋です」

「今津屋ならばそこそこに日当はいいし、飯もうまい。あれで酒が付くと極楽じゃがな」

「竹村の旦那、そなた、仕事を物見遊山と間違えてはおらぬか」

「柳次郎、そう申すな。そなたとて夕餉に一、二本大徳利で酒が出るほうが嬉しかろう」

「坂崎さん、此度の仕事、竹村の旦那を外せませんか」

と柳次郎が心無きことを言い、

「なんぞ今津屋に持ち上がりましたか」

と訊いた。

「佐渡銀山から逃亡した庚申の仲蔵と申す者を頭分にした一味が、江戸に入り込んでおるそうです」

と前置きした磐音は、仲蔵一味の行動をざっと告げた。

「坂崎氏、今津屋に寝泊まりして、そやつらが入り込まぬようにすればよいのじゃな」

「いかにもさよう」

「まあ、今津屋に押し入ったとて、それがしが丹石流で仕留めてみせる。ご安心あれ」

と縁側から庭に下りようとした。

「お帰りか」

「仕事があるならば夫婦喧嘩をすることもない」

磐音は宮松が担いできた風呂敷包みを解くと、

「頂戴物の素麺だそうです。こちらと竹村さんのところへ届けるようおこんさんに言付かり、宮松どのが暑い最中、運んでこられました」

「なにっ、素麺とな。歯ごたえがなくておれは好かん。酒ならばよかったのにな」

と武左衛門がほざき、呆れる幾代を後目（しりめ）に、

「小僧さん、ついでだ。うちの長屋まで運んでくれぬか」

と言った。その途端、

「これ、竹村どの、そこに直られよ。この幾代、昔とった杵柄（きぬづか）、天流（てん）の薙刀（なぎなた）で素っ首を斬り落としてくれん！」

と幾代が叫んだ。

ぱあっ

と庭に飛び下がった武左衛門が、

「待った、母御。冗談にござる」

と必死で言い訳し、

「夕暮れまでに今津屋に顔出しいたす」

と木戸から飛び出そうとする武左衛門の手に、宮松が素麺と甘い物の包みを押し付けた。

「柳次郎、友は選びなされとあれほど申すに、なんという有様です」

「母上、竹村の旦那ならば疫病神(やくびょうがみ)、どう抗(あらご)うたところでなす術はございません」

幾代の吐息が洩れ、磐音と柳次郎は顔を見合わせて苦笑いをした。

第四章　千面のおさい

一

尚武館佐々木玲圓道場の改築柿落としまで三日と迫った日、出場者が出揃った。

江戸の大名家、町道場など高名な剣術家を網羅する三十六名が決まり、佐々木道場からは師範の本多鐘四郎ら四人が抜擢された。当初五人を選抜していたが、外からの出場者が増えて、赤津頼母が外された。

朝稽古の後、師範の本多鐘四郎と磐音が玲圓のもとへ呼ばれた。かたわらに二組の短冊があって、裏返しに置かれていた。

「本多、明日の引越しは遺漏ないか」

「はい。亀山藩の道場の掃除も粗方終わり、明朝の稽古終了後に門弟全員でかかりますので、あっという間に済みましょう」

「松平家には大変世話になった」

「亀山藩の道場がなければ、われら冬の最中、野天で稽古をするところでした」

鐘四郎の言葉に玲圓が大きく首肯した。

「坂崎に赤子扱いされた篠田多助が参り、明日から稽古に通ってようございますかと頭を下げてきました」

玲圓が磐音を見た。

「中川淳庵どのが心得違いを厳しく諭され、大試合に出て大いに恥を掻け、それからやり直せ、と命じられたのです」

「大試合前に己を知らされてよかったわ」

と玲圓が言い、

「平静に己を見詰めるならば、それなりの戦いはしよう」

と洩らした。

「出場者四十人を東西二組に分けた。組み合わせを作ってくれぬか」

「ならば籤を用意しておきますか」

鐘四郎が言う。

「そなたは出場者じゃ、関わらぬほうがよい。ここは坂崎に頼もう。東西二組に分かれた名簿は後で渡す」

「承知いたしました」

と応じた磐音が、

「師範、健闘をお祈りしております」

と言った。

「そなたは気楽でよいな。それがし、しくしくと胃が痛みおるぞ」

「佐々木道場の師範にございます、悠然と構えてくだされ」

「おれはそなたのように修羅場を潜った経験が浅いからな、今一つ頼りない」

と正直な気持ちを吐露する鐘四郎に、

「本多、そなたは、自らが考えている以上に進歩しておる。この数か月の内になんぞあったようだな」

と本多鐘四郎の真剣勝負を玲圓が見抜いたように言った。

鐘四郎は、幼馴染みのお千代の夫で小野派一刀流の遣い手後藤助太郎と面影橋で真剣勝負を戦い、見事に勝利していた。

玲圓はそのことを知らなかったのだ。

「佐々木道場の師範の立場などこの際忘れて、自由に試合に臨め」

「はっ、畏まりました」

磐音だけが玲圓の座敷に残り、東西二組に分けられた組み合わせを作るための名簿を受け取った。その名を改めて眺めた磐音は、

「先生、壮観にございますな」

と出場者の顔ぶれに驚嘆した。

「南は薩摩藩の示現流から北は仙台藩の八条流まで揃うた。正直申して、かようにも異能異才が雲集するとは考えもせなんだ。坂崎、大試合の勝者は安永を代表する剣者と申してよかろう」

「いかにもさようでございます。今から大試合の模様が目に浮かびます」

磐音は剣豪が繰り広げる大試合の模様に思いを馳せた。

そのとき、ふと思い付いた。

「先生、当日は怪我人も出ましょう。お医師を待機させておかなくてよいものでしょうか」

「これはしたり。えらいことを忘れておった」

玲圓も慌てた。

「この期に及んでお医師が見付かるであろうか」

「先生、帰りに中川どのの診療所に立ち寄ります。相談してたれかお仲間なりを推挙してもろうてようございますか」

「中川どのに世話をかけるが、そうしてくれるか。ついでに、お医師どのへの手当てを聞いてきてくれぬか」

「承知しました」

「坂崎、緒戦はそなたが工夫して組み合わせてみよ。それに従い、それがしが前夜に書き出そう」

「大役にございますが、なんとか考えてみます」

名簿を懐に入れた磐音は玲圓に辞去の挨拶をした。

磐音は酒井家に立ち寄った。傷を診た中川淳庵が、

「ちと早いが抜糸をいたしましょうか」

と言うと手際よく糸を切り、抜いてくれた。糸で突っ張られていた肉が元の場

所に戻り、急に軽くなったような気がした。

「長湯でなければ風呂に入ってもかまいません」

「助かりました。おこんさんが蒸し手拭いで拭うてはくれるのですが、この暑さです。さっぱりいたしません」

「大試合の仕度は終えられましたか」

「先生が出場の四十名を東西二組に分けられました。それがしが緒戦の組み合わせを作る大役を仰せつかりました。これで一つを残してほぼ用意は終わりました」

「さぞ出たかったでしょうに」

「いえ、此度は世話役に徹すると決めております。それより、お願いがございます」

「残る一つ、ですか」

「さようにございます」

磐音は大試合の日に待機するお医師の一件を告げた。

「なんだ、そのようなことか。私が参りましょう」

淳庵があっさりと答えた。

「天下の中川先生では恐れ多い。それに先生はお医師への手当てを気になさっておられます。中川さんのお手当てとなれば、佐々木道場で払えるかどうか」

磐音が困惑の顔をした。

「そのようなこと、一切斟酌(しんしゃく)は要(い)りません。うちでは殿が参列されるのです。私も同道して大試合を見物しようと思っていたところです。若い見習い医師を何人か連れて行きます。坂崎さん、道場の片隅に、なにかあってもよいように治療室を設けてくれませんか。広さはさほど要らぬが、お湯が沸かせる用意をしておいてもらいたい。簡単な怪我の治療ならば見習い医師ですみましょう。大怪我のときは私が出るということでどうですか」

「お願いできますか」

「承(うけたまわ)りました」

「安心しました」

頷いた淳庵が、見習い医師若杉(わかすぎ)慶次郎に、

「慶次郎、大試合は三日後だぞ。手術道具をはじめ、添え木、包帯、消毒薬など多めに用意しておけ。同道は、そなたの他に大野木堂(おおのもくどう)、添田道太郎(そえだみちたろう)だ」

と命じた。

「はっ」

と慶次郎が承知した。

「中川さん、これより今津屋に立ち戻り、湯屋に行きます」

「おこんさんは、あなたの世話ができなくなってがっかりなさろうな」

という淳庵の言葉に見送られ、酒井家の離れ屋の診療所を出た。


米沢町裏手の加賀大湯に行った。

番台には主の圭蔵がいて、

「おや、今津屋の後見、怪我は治りましたかい」

と訊いてきた。

湯屋のことだ、客のだれかが噂したのを耳に入れたか。

「先ほど糸を抜いてもらい、湯に入る許しを得たところじゃ」

「そいつはよかった、ゆっくりと浸かりなせえ」

「そうさせてもらおう」

磐音は久しぶりに全身に湯をかけて糠袋で擦り上げた。だが、傷口にはお湯をかける程度にした。

なんとも気持ちがいい。

おこんが丁寧に手拭いで拭ってくれていたにも拘らず、ぼろぼろと垢が落ちた。

石榴口を潜ると声がかかった。

今津屋に出入りの鳶の親方捨八郎だ。

「坂崎さん、えらい目に遭ったってねえ。傷は、それかえ。だいぶやられなすったねえ」

と天井から射し込む光で斬り傷を見た。

「物思いに耽っておってつい不覚をとった。いかに未熟者か、此度のことでよう分かり申した」

「人間、そんなときもあらあな。だが、二度と同じ轍を踏んじゃならねえぜ。旦那の商売は命に関わるからなあ」

「いかにもさよう」

「佐々木道場じゃ、柿落としの剣術大試合をするそうだな。坂崎さん、いいとこまでいきそうですかい」

「此度はそれがし世話役にござる」

「なにっ、坂崎さんは出ないのかえ。怪我をしたせいだな。そいつは寂しかろう」

「世話役も大事にござってな」

「画龍点睛を欠くとは、このことだねえ。おまえ様、見たところもう大丈夫のようだ。佐々木先生にお願いしたらどうですね」

と町内の隠居が二人の会話に口を出した。

「ご隠居、親方、それがしが出ずとも数多の剣豪剣客が顔を揃えられた。今からわくわくしており申す」

「そうかねえ。町内で馴染みの人が出ないんじゃあ、なんだか応援のしようもないぜ」

と捨八郎親方も力が入らぬ様子だ。

「それより親方、本日は早上がりにござるか」

「梅雨がどっかへ行っちまったせいでさ、今普請中の屋敷の仕事が捗った。それでこんな刻限から汗を流しに来たってわけだ」

と答えた捨八郎が、

「そうそう、さっき木下の旦那に会ったが、なんでも佐渡に送られた咎人が島抜けして江戸に潜り込んだとか。千住宿にお調べに行くと言って、着流しの裾をひらひらさせて飛んでいったぜ」

「千住宿に潜伏しているのであろうか」

炎天下、走り回る定廻り同心の友の姿を思い浮かべた。

「今津屋は大丈夫かえ」

「われらが泊まり込んでおる」

「佐々木道場の猛者が泊まり込んでるとあっちゃ、野郎どもが押し入ろうたって、飛んで火にいる夏の虫だ」

捨八郎親方が普請場で鍛えた声で喚き、その声が女湯にも伝わった。

若い女がその言葉を聞き、ぎくりとした様子で、

「えらい目に遭うとこだったよ」

と呟いた。

庚申の仲蔵の女、千面のおさいは、白い体にざっと湯を零して湯船から上がり、石榴口を潜ると洗い場に出た。上がり湯もさっとかけたおさいは、固く絞った手拭いで体を拭い、粋にも白の遠州絣に帯を胸高にきりりと巻いて加賀大湯を出た。

　磬音が湯屋を出たのはそれからしばらくしてのことだ。

　陽が傾きかけた夕暮れ前、生ぬるい風が吹いてきた。湯でさっぱりした磬音は生き返った気分で風を受け、今津屋への道を辿った。

　裏長屋からちょうど竹村武左衛門が姿を見せて、手拭いを持った腕を高々と突き上げて大あくびをした。日陰に丸まっていた野良猫がびっくりして飛び起きたほどの大あくびだ。

「竹村さんはこれからですか」

　徹夜で夜廻りをする竹村武左衛門と品川柳次郎は、日中、今津屋が所有する裏長屋で仮眠をとっていた。

「おや、坂崎さんは湯屋に行かれたか」

「糸が抜けましたので、久しぶりに湯屋に行きました。お誘いすればよかったな」

「いや、この刻限でちょうどよい。湯屋を出たときには陽が落ちておるでな。この年になると徹夜は堪える」

　その様子を半町離れた軒下から見ていた千面のおさいが、武左衛門に目を留めた。

　磐音は今津屋に戻ると風の通る離れ座敷に入った。そこには玲圓から預かってきた大試合の名簿があった。

　東方二十人西方二十人に分かれた二組の参加者は、錚々たる顔ぶれだ。

　磐音はまず東方の名の上に、数字を一から二十まで順不同に書き込んでいった。それが終わった頃合い、おこんが、

「お風呂はどうだった」

と冷たいお茶を淹れて運んできた。

「いや、気持ちよかった。擦っても擦っても垢がぼろぼろ落ちたぞ。人とは垢でできておるのではないかと思うたほどじゃ」

と応じた磐音は、

「おお、そうだ。おこんさん、手伝うてくれぬか」

と数字を書き入れたばかりの東方の名簿を伏せて、おこんに見られないようにした。

「ただ今、大試合の緒戦の組み合わせを作っておるところだ。おこんさん、西方の出場者の上に一から二十までの数を、あちらこちらと散らばして好きなように入れてくれぬか」

「私が書き込んで組み合わせが決まるの。責任重大だわ」

おこんがそれでも筆を握り、しばし考え込んで、まず最初の参加者の上に十七と書き入れた。

数字を書き終わったときには、ひと仕事したような気分になってぐったり疲れた。

磐音はおこんが書き込んだ数字の墨が乾くのを待って、その上に白い紙を仮貼りした。

「明朝、この組み合わせを玲圓先生にお返しする。先生は前日に東方西方の緒戦の組み合わせを浄書なされよう。次の日、それが披露されて大試合が始まるというわけだ」

「この四十人の中に足りない名前があるわね」

「それがしのことならば、もはや気にせずともよい。こうして抽選の下働きまでしたのじゃ、出る気遣いはない」

「今回は諦めてね」

「分かっておる」

磐音はおこんに答えると名簿を大事に閉じた。

品川柳次郎が、湯屋に行った竹村の帰りが遅いと磐音に知らせてきたのは、今津屋が暖簾を下ろそうとする刻限だ。

「それがしと擦れ違いで加賀大湯のほうに歩いていかれたが、一刻半（三時間）も前のことですよ」

「竹村の旦那め、どこぞの飲み屋に引っかかっておるのか」

柳次郎が舌打ちした。

「品川さん、湯銭の他に飲み代をお持ちでしたか」

「いえ、湯銭だけです」

「おかしいな」

「坂崎さん、加賀大湯まで行ってきます」

「それがしは残ります。店の仕舞いどきも押し込みなんぞが狙い易い刻限ですからね。なにか分かったら知らせてください」

柳次郎が頷くと湯屋に向かって小走りに姿を消した。

磐音は由蔵にだけは事情を告げた。そうしておいて、店奥の階段下の小部屋に入り、店の様子を窺いながら待機した。

だが、柳次郎はなかなか戻ってこなかった。

「遅うございますな」

由蔵も気遣った。

店の戸締りが終わり、奉公人の夕餉が終わった刻限、ようやく柳次郎が台所に姿を見せた。

二

「ご心配をおかけ申しました」

「見付かりましたか」

「薬研堀近くの飲み屋でぐでんぐでんに酔い潰れているところを探し当てました。あれでは仕事にもなりません。ちょうど通りかかった駕籠に押し込め、南割下水の長屋に戻しました。いつものことながら相すまぬことです。人柄はよいのですが酒に弱い」

怒りを呑んだ柳次郎が慨嘆した。

「一人で飲んでおられたので」

由蔵が疲れきった柳次郎に訊いた。

「それが、飲み屋の亭主に聞くと、白絣を粋に着込んだ婀娜っぽい女と一緒だったそうなのです。女が酒を強く勧めたようで、旦那はご機嫌で調子を合わせて大いに喋っていたようですが、なんでそのように馬が合ったか、話の内容は分からないそうです」

「飲み屋の亭主はその女を承知ですか」

「いえ、初めての女と申しておりました。私が旦那を見つけたとき、おさいはどうしたなどと聞いていましたので、それが名前かもしれません」

「おさい、ですか。その女は竹村さんを放り出して先に店を出たのですか」

「私が旦那を見つける四半刻（三十分）も前に、勘定を払って出たそうです」

「おかしな話ですな」

と由蔵が言った。

板の間には膳が四つ残っていた。

柳次郎と武左衛門の帰りを待って、由蔵も磐音も箸を付けていなかったのだ。

話を聞いていたおこんが、

「お酒をつけましょうか」

と由蔵に訊いた。

「やめておこう。どうも怪しい」

と答えたのは磬音だ。

「怪しいとはなんです」

「おさいと申す女だ。ひょっとしたら、竹村さんが今津屋に関わりの者と承知で酒に誘い、お店の内情などを酔わせて聞き出したとも考えられる」

「庚申の仲蔵一味なの」

「佐渡を抜けた一味は五人だが、江戸に仲間が残っていたことも考えられる」

そのとき、お店の通用口がどんどんと叩かれた。

磬音が長船長義を手にすると柳次郎も即座に従った。

お店では振場役の新三郎が、

「どなたでございますか」

と訊いていた。

「南町の木下一郎太です」

と馴染みの声が返ってきたが、それでも新三郎は臆病窓を開いて確かめた。

「木下様、ただ今」

一郎太が顔に大汗をかいて入ってきた。

「ご苦労さまにございます」

新三郎が労(ねぎら)い、磐音が、

「鳶の頭(かしら)から千住宿に行かれたと聞きましたが」

「承知でしたか。いえ、庚申の仲蔵一味が千住宿外れに顔を揃えたと垂れ込みがあり、押し出したのですが、一足違いで新たな塒(ねぐら)に移っておりました。仲蔵は慎重な野郎ですよ」

うんざりとした表情で一郎太が答えた。

「木下どのはお一人ですか」

「小者(こもの)の東吉は八丁堀に帰しました」

「台所に参りませんか。ちと話があります」

一郎太が頷き、よほど埃の中を歩いてきたのか、足を洗わせてくださいと言った。

磐音たちが台所に待ち受けていると、井戸端で顔と手足を洗った一郎太が、

「お蔭(かげ)さまでさっぱりしました」

と言いながら顔を見せた。

「おや、夕餉(ゆうげ)はまだでしたか」

おこんが武左衛門の膳を一郎太へ振り替え、四人分の吸い物を温め直そうとして、訊いた。

「木下様、千住宿から塒を移した仲蔵一味は、すぐにも押し込みをやりそうな雰囲気ですか」

一郎太が顔を横に振り、

「仲蔵は昔の残党を集めているらしく、千住宿では五人が十数人に増えておりました。だが、押し込みには欠かせぬ蔵破りの楠三(くすぞう)が故郷(くに)の上総(かずさ)に戻っているとか。楠三の帰りを待って、押し込みを決行する様子です。それには数日かかろうと笹塚様方も言うておられます」

「すると、今晩なにかが起こるというわけではないのですね」

とおこんがさらに念を押し、すでに仕度をしていた酒の燗(かん)を付け始めた。江戸市中を走り回ってきた一郎太や柳次郎の心中を察してだ。

「蔵破りの楠三の手口は分かっています。決まって大雨の日に、雨音に紛れて店の大戸を挽(ひ)き切り、蔵の扉の錠前を壊すのです」

と説明した一郎太が、話とはなんですかと訊き返した。

「この夕暮れ、竹村の旦那が湯屋に行きましてね、女に引っかかり、飲み屋に誘い込まれたのです」

と柳次郎が忌々しそうに前置きして経緯を告げた。

「竹村さんはどうなされた」

「あのように酔っては役に立ちません。南割下水に戻しました」

「いえ、手柄かもしれませんよ」

「どういうことですかな」

由蔵が言い、おこんが、

「ちょっと温いかもしれませんけど」

と徳利を運んできた。

「まず喉を潤してください」

磐音が一郎太に盃を持たせ、酒を注いだ。おこんも由蔵、柳次郎に酌をし、最後に磐音の酒器を満たした。

「馳走になります」

一郎太が温めの酒を口に含み、

「生き返った」

と嘆声を上げ、

「庚申の仲蔵の女は千面のおさいといい、引き込みが専門です。この女、宮芝居の娘役上がりで、百面相のような早変わりが得意です。それで千面のおさいと呼ばれているのです」

一郎太の言葉に一座が粛然とした。

「うちが襲われると決まったわけではないと高を括っておりましたが、やはり狙いは今津屋でしたか」

「千面のおさいが竹村さんに接触した以上、まず今津屋もその一つと考えたほうがいいでしょう。仲蔵は江戸で最後の大仕事を企んでいます。生半可なお店には押し込まないだろうし、決めた以上、必ず一度きりの大仕事をしのけます」

「驚いた」

とおこんが呟く。

「仲蔵は必ず万全の態勢で押し込みを敢行します。ひょっとしたら、もう一度くらい竹村さんと接触を図るかもしれません」

「慌てて南割下水に戻したのは失敗だったかな」

「明日にも呼び戻してください」

と一郎太が言い、

「仲蔵一味が狙いを今津屋に絞ってくれると、こちらも網が張りやすい」

と独り首肯した。

「木下様、困ります」

おこんが言う。

「おこんさん、南町も控えておれば、坂崎さんや品川さんもおられます。そう箇単にはお店の中に入れませんよ」

「数日後、大雨の日ですか」

由蔵が呟くのへ、一郎太が頷き、

「そのときが勝負です」

と言い切った。

「木下どの、こちらもいささか策が要りますね」

「なんぞございますか」

一郎太が磐音に身を乗り出し、酒を酌み交わしながらの打ち合わせが半刻（一時間）も続いた。

翌朝、磐音は亀山藩道場に最後の朝稽古に出る前に佐々木玲圓を訪ね、おこんと一緒に組み合わせた名簿を渡した。

「先生、東西それぞれの出場者の名の上に数を振ったのは、おこんさんとそれがしです。二人とも数を記入した組しか承知しておりませんので、緒戦でだれとだれが当たるか分かりません」

と説明した。

「今晩が楽しみじゃな」

と言って玲圓が受け取った。

玲圓と磐音は佐々木邸を出て、神保小路から丹波亀山藩に向かった。

「先生、松平様の道場に通うのもこれが最後にございますな」

「思いがけなくも長期にわたり、道場を拝借いたしました。なんぞお礼をしたいが、お相手が大名家ではな」

「先生、松平信直様は柿落としの大試合を楽しみにしておられると聞いております。出場のご家臣が活躍なされるのが、なによりのご褒美にございます」

「細川玄五右衛門どのはとみに腕を上げられた。よいところまで勝ち上がろうかと思う」

二人が小川町一橋通にある東門から松平家の道場に入ると、師範の本多鐘四郎以下住み込み門弟やら通いの門弟の大半が顔を揃えていた。

「先生、お早うございます」

「本多、松平家での最後の稽古と相成った。そなたら大試合参加者には、一段と思い出多き修行場所になったであろう。本日は悔いなきよう調整をいたせ」

「はっ」

と畏まり、全員で松平家の上屋敷道場の見所に設けられた神棚に向かい、正座をして拝礼した。

稽古が始まると鐘四郎が磐音のかたわらに来て、

「坂崎、動けるならば打ち込みの相手をしてくれぬか。軽くでよい。動きの悪いところを指摘してくれ」

「師範、もはや糸も抜きました」

鐘四郎と磐音の打ち込み稽古はゆるやかな動きで始まった。

「なんだ、そなた、十分に動けるではないか」

鐘四郎が言うと、磐音もいつしかいつもの動きになっていた。目まぐるしく動きながら手を出す鐘四郎を磐音が悠然と受けて、

「師範、脇が空いております」

「それでは相手に動きが読まれますぞ」

「今の小手は厳しゅうございました。見事です」

などと細かく注意を与えつつ、四半刻ほど汗をかいた。するとそれを待っていたように田村新兵衛が、

「怪我が治ったばかりのそなたには気の毒じゃが、それがしの相手もしてくれぬか」

と稽古相手を願ってきた。

「構いませぬ」

傷口が突っ張る感じはあったが、動きにそう支障はない。

第一、磐音から打ち込むことはなくもっぱら受け専門だ。田村の相手をやはり四半刻ほどすると、根本大伍と糸居三五郎が待ち受け、

「大伍、おれが先だ」

「糸居様、それがし、師範が終わられたときから機会を窺うておりました」

と言い合いを始めた。

どちらも大試合を前にいささか苛立っていた。

「糸居様、根本様、それがしでよければ交代でお相手いたします。順番はさほど大事ではございますまい」

　と注意すると、

「これはしたり」

「つい我を忘れてしまいました。糸居様、お先にどうぞ」

　と根本が譲って糸居の相手をした。

　結局、磐音は佐々木道場の出場者四人すべての稽古相手をしたことになる。

　すると松平家の家臣でただ一人、此度の大試合に選ばれている細川玄五右衛門が、

「坂崎どの、お疲れのところ真（まこと）に相すまぬ。それがしの相手もしてもらえぬか」

　と遠慮深げに申し込んできた。

　細川は松平家で抜群の技量の持ち主、柳生新陰（やぎゅうしんかげ）流の免許を得ていた。亀山藩の道場を佐々木道場が間借りした後、門弟たちと熱心な稽古を繰り返してさらに力を付けていた。

「お願い申します」

　磐音と細川は相正眼（せいがん）に構え合い、しばし睨み合った後、磐音が誘いの動きを見

せ、それに乗った細川が、

「きええいっ」

と気合いを発すると磐音の面を狙い、
ばしり
と重い打撃を見舞ってきた。

磐音は、細川が踏み込む際、体勢に隙があることを見ていた。

「もう一本、今度はこちらから反撃いたします」

磐音は再び誘いを見せて相手の攻撃を待った。

細川が先ほどよりも俊敏に間合いを詰めてきた。

竹刀が磐音の面に伸びてきた。

その瞬間、磐音の竹刀が若鮎のように躍った。

胴に竹刀が軽く決まり、細川の体が横手に流れて揺れた。

「おおっ、これは」

と驚く細川に、

「踏み込みの途中で体の構えに隙が生じております」

と注意した。

「構えに隙とな」

その隙を気付かせるために何度も細川の打ち込みを受け、その一瞬を繰り返し指摘した。

「手直しがなりましたぞ、細川様」

と磐音に声をかけられたとき、
どさり
とその場に腰を落とした。が、即座に姿勢を整え、磐音に、

「お相手、有難うござった」

と礼を述べた。そうしておいて、
ふーうっ
と大きく肩で息を吐いた。

「細川、そのようなことで明日はどうする」

と声がかかり、細川が慌てて振り向くと、

「殿、これは気付かぬことにございました」

と狼狽（ろうばい）した。

先ほどから松平佐渡守信直と玲圓が並んで立ち、二人の稽古を見物していた。

だが、細川はそれに気付く余裕はなかった。

「坂崎、細川はいくらか腕を上げたかのう」

信直が磐音に訊いた。

「恐れながら申し上げます。この数か月で細川様のお力、格段に向上なされました」

信直が嬉しそうに微笑み、

「坂崎、玲圓先生に聞くところによると、そなたは出ぬとか。そなたの試合ぶりが見られぬのはなんとも残念であるな」

と言った。

「もっともそなたが出ぬで、細川には強敵が一人減ったともいえる。最前から見ておったが赤子扱いで話にならぬ」

今度は真剣な顔で言う信直に、

「信直様、打ち込み稽古は上位者がそのように受ける稽古にございますれば、技量の上下とは無関係にございます」

と磐音が答えた。すると細川が、

「殿、玲圓先生と坂崎磐音どのは別格です、打ち込み稽古もなにもあったものではございません。それがしと坂崎どのの技量を云々するのが、恐れながらそもそもの間違いにございます」

「細川、それほど強いか」

「雲の上の存在にございます」

「そなた、お二人が明日の大試合に出られずによかったな」

「全くもってそのとおりにございます」

「そなたの返答を喜んで聞くべきか悲しむべきか、信直、判断が付かぬぞ」

信直の言葉を聞いて玲圓が大笑いし、

「信直様、明日が楽しみにございますな」

と言ったものだ。

その朝、松平家の道場には佐々木道場の四人と細川玄五右衛門、それに酒井家の家臣篠田多助がいたが、結局、篠田だけが磬音と稽古を望まなかった。

昼前、松平家の道場での稽古を打ち上げ、全員で最後の清掃をなし、それが終わると新しく完成した尚武館道場へ稽古着や道具を運び戻した。

三

尚武館道場では大工の棟梁銀五郎親方が職人衆を指揮して、最後の点検と掃除をしていた。

「先生、道場の床を見てください。乾いた雑巾で拭き上げましたから、鏡のようにぴかぴかですぜ。今から大試合をしたって構わねえや」

とその場の全員を真新しい道場に招いた。

「おおっ、物がなくなると広いな。まず江都一の道場と申してよかろう」

辰平が両腕を組んでしきりに感心の体を見せた。

「辰平、おれに相応しき道場と思わぬか」

利次郎が言う。

「いや、おれだな」

二羽の軍鶏が素手で立ち合いの真似をした。格子窓から夏の陽射しが入り込み、職人らが空雑巾で磨き上げた床に、その喜ぶ姿を映していた。

「でぶ軍鶏に痩せ軍鶏、そなたらには庭が似合うておる。当分、この道場の使用は禁止じゃな」

と梶原正次郎に言われ、

「梶原様、軍鶏はあくまでそれがしの敏捷さを讃える異名にございます」

「われらも尚武館の門弟でござれば、大試合前の朝稽古はここで行います」

と二人は言い合った。

「辰平、利次郎、明朝の稽古は休みだ。朝早くに神田明神の神官どのが参られ、お祓いが行われる。その後は大試合の仕度で手一杯だ。初日は大試合に使われ、われら門弟らの道場開きは明後日からだ」

と鐘四郎が言い、ふと気付いたように、

「先生、尚武館道場の使い始めが大試合でよいものでしょうか。それがしが思うに、どなたか古老の模範演技から始められたほうがよいのではございませんか」

「本多、明日、大試合前に古式演舞を、神道無念流野中権之兵衛老先生にお願いしてある」

「余計なことを申しましたな」

鐘四郎が頭を掻き、磐音が言った。

「師範、東西の控え室と治療室を下見しておきませぬか」

「うん、それだ。辰平、利次郎、そなたらは控え室担当であったな。われらとともに下見に従え」

「はっ」

若い門弟たちが二人に従った。

控え室は、一般門弟の着替え部屋と幹部門弟の控え室を使うことになっていた。それぞれ三十畳ほどあり、ここも綺麗に清掃がなされていた。

「真新しいのは気持ちがよいものですな」

「辰平らが使うとすぐに汗臭くなる」

「師範、臭いのは師範のほうです」

「おれはもうすぐ所帯を持ち、身綺麗になる。そなたらと一緒にいたすな」

わいわいがやがやと、賑やかに支度部屋を点検して回った。

だれもが新しい尚武館道場の完成が嬉しくてしようがないのだ。

さらに医師の中川淳庵らが使う臨時の治療室に回った。

治療室は十畳ほどの道具部屋を当てることにしてあった。こちらも手が入ったばかりで清潔そのものだ。

その隣の小部屋が、大試合の前線本部ともいうべき部屋であり、磐音らが詰めることになっていたし、水場にも厠（かわや）にも近かった。

前線本部の床には下足札が山積みになっていた。

「治療室じゃが、床が血で汚れてもいかぬ。油紙を用意しておこうかのう」

と鐘四郎が言うところに銀五郎親方が顔を出した。

「こちらを怪我人の治療室に使うと聞きましたが、だいぶ材木が余ってまさあ。今、診療台を作らせております。それを後ほど運び込んでおきますぜ」

「それはよい考えじゃ、親方」

鐘四郎が手を叩いた。

これですべてが調った。

道場に住み込み門弟らが集められ、明日の手順や役割分担が改めて確認された。

「明日は若狭小浜藩主の酒井様、丹波亀山藩松平様をはじめ、大名方も参られる。さらには幕府の要人も数多く顔を見せられ、外部からの招聘出場者三十六人に、付き人、さらには見物のお歴々で三百人は超えよう。失礼なきように仕度をせねばならぬ。道場の内外は大工の銀五郎親方やら鳶の頭が警戒にあたってくれるそうじゃ。大試合出場の本多鐘四郎ら四人は別にして、門弟全員一丸となって遺漏なきよう今一度仕度を点検せよ」

玲圓が命じて母屋に引き上げた。

「坂崎さんが緒戦の組み合わせを作ったそうですが、それがしがたれとあたるか、教えてくれませんか」

糸居三五郎が訊き、

「糸居様、それがしも分かりませぬ」

と磐音が返答した。

「なぜ知らぬのですか」

と糸居が食い下がった。

「おこんさんと二人で東西それぞれ分担して数字を書き込みましたゆえ、われらも二つの組み合わせがどうなっているのか存じません。今晩、先生お一人で組み合わせを浄書なさるそうです」

「糸居三五郎、そなた、坂崎に尋ねて答えが返ってくると思うたか。出場の四十人は明日にならなければ相手は分からぬ。それが勝負というものだぞ」

と鐘四郎が言い、糸居が、

「そうは思いましたが、もしやと考え、聞いてみただけです」

と苦笑いした。

「ともあれ、師範をはじめ、四人の方々は、われら佐々木道場を代表して出場なさるのです。精一杯頑張ってくだされ」

と磬音に鼓舞され、

「荷が重い」

と鐘四郎が真剣な顔で応じた。

大試合の仕度の点検を門前と庭から始めた。

大工の銀五郎親方と職人衆、それに門弟たちが塵ひとつないように箒の目を入れた。

「われらが手を入れるところなどないぞ」

と鐘四郎が言うところに、今津屋の老分番頭由蔵が、鎌倉河岸の酒問屋、豊島屋十右衛門の名入りの法被を着た若い衆に威勢よく大八車を引かせ、紅白の帯をかけた四斗樽を六つも山積みし運び込んできた。その上に、

「尚武館佐々木玲圓道場改築祝」

と木札が麗々しく立てられていた。

「おおっ、仕度が綺麗にできましたな」

鐘四郎が、

「老分どの、四斗樽が六樽とは、なんとも豪儀じゃな。ただ今、先生にお知らせいたす。利次郎、母屋に走れ」

とでぶ軍鶏を使いに走らせた。

玲圓とおえいが姿を見せた。

「玲圓先生、お内儀様、道場の改築完成おめでとうございます。主吉右衛門の代理として、お祝いの樽酒を持参いたしました。どこぞに飾らせてはいただけませぬか」

「おおっ、これはなによりの頂戴もの。どこに飾ったものかのう」

「先生、玄関式台に飾っては如何にございますな」

と銀五郎親方が広い間口の式台を差した。

「古い道場の折り、門弟たちの喜捨を入れた冥加樽を置いた場所でもある。此度は祝い樽か。景気付けに飾ってもらおうか」

豊島屋の奉公人たちが威勢よく四斗樽を三段二段一段と飾り上げた。

「こうなると片側が寂しいぞ」

辰平が贅沢を言った。

「松平の若様。うちで左右を飾るのは簡単にございますが、後から頂戴する祝い樽が置けなくなり、叱られるといけません。あえて片側だけにいたしました」

由蔵の頭には式台に飾る計算がすでにあったらしい。

「老分番頭どのはまだ祝い酒が届けられるとお考えか。四斗樽が六つで二十四斗か。一石（いっこく）は十斗ゆえ二石四斗。門弟一人頭どれほど飲めるものであろうか」

辰平が真剣な顔で計算を始めた。

「松平の若様は一人のあてがい扶持（ぶち）を計算しておられる。なんともみみっちい若様がいたものだ」

と利次郎にからかわれた辰平が、

「利次郎、正月の芝居小屋の前に酒樽は積んであるが、あれは空き樽だぞ。こちらは正真正銘灘伏見（なだふしみ）の下り酒が入っておる。樽を割った折りの酒の香が漂う情景まで目に浮かぶわ」

とうっとりした顔をした。

「先生、道場を見せてもらってようございますか」

由蔵が玲圓に許しを請うた。

「由蔵どの、この道場の半分は今津屋の喜捨によってできておる。是非見ていってくだされ」

磐音は改めて門前と庭の掃除が終わったことを見回し、由蔵と玲圓に従うことにした。

「拝見します」

由蔵はまず式台上の梁に掲げられた天慧師の、

「尚武館道場」

の揮毫を改めて見上げた。

「さすがは当代一の能書家、上野寛永寺座主の書にございますな。佐々木道場の勢いが雄渾闊達に示されております」

と何度も感心して見上げた。

「老分どの、これは仮の扁額。当地に何百年も埋もれていた欅に天慧様の五文字が彫り込まれた扁額が飾られるとき、一段と格が上がりましょう」

磐音の言葉に、

「いかにもさようでございますな」

と由蔵も請け合った。

「ささっ、道場にお通りくだされ」

玲圓と磐音に案内され、増改築された道場に入った由蔵が、

うーむ
と言うと絶句した。

「どうじゃな、老分どの」

「想像した以上に広うございますな」

「広かろう。だが、明日には人で埋まる」

「玲圓先生、大勢の門弟衆が汗を流して稽古をなされる風景も壮観でございますが、このように無人の道場もまた荘厳なものですな」

「いかにもさようかな。大勢の人々の好意で道場の改築はなった。あとはこの道場で鍛錬修行する者の心掛け次第で、この修行の場は輝きを増し、また、光を失って朽ち果てもする」

玲圓の言葉に由蔵が頷（うなず）いた。

その脳裏に、玲圓の後継と内定した磐音が道場に立つ姿が浮かんだ。だが、それはまだまだ先のことだ。

「老分どの、見所を見てくだされ」

と磐音に声をかけられ、はっと我に返った由蔵が頷いた。

由蔵が奥で茶を供され、しばらく玲圓やおえいと談笑する間にも、神保小路の旗本屋敷から祝いの樽酒が届けられ、式台の左側が一つ二つと埋まっていった。

磐音らは夕暮れの刻限まで、道場開きと大試合の仕度の点検に追われた。だが、それも日没とともにすべて終わった。

今晩は銀五郎親方と職人衆が徹宵して新しい道場を見張るという。

玲圓には大試合の緒戦組み合わせを浄書する大仕事が残っていた。そこで磐音は鐘四郎に、

「師範、今宵はゆっくりとお休みになり、明日の試合に備えてください」

と言い残して道場をあとにしようとした。

すると門前に一つの影が立った。二人が何気なく見ると依田お市の姿だった。

「お市どの、いかがなされた」

鐘四郎が飛んでいった。

「本多様、余計なこととは思いましたが、神田明神、湯島天神と回り、お札をいただいて参りました。明日の大試合の健闘を祈願してもろうたお札にございます。受け取っていただけませぬか」

「おおっ、これは」

鐘四郎が感極まって両手で二つのお札を受け取った。

「師範、これで勇気百倍にございますな」

「いかにもいかにも」

鐘四郎は満足そうだ。

「師範、お市どのを送っていかれませ」

磐音の勧めに、

「それがし、稽古着でむさい格好をしておるが、迷惑ではないか」

「いえ、そのようなことは」

磐音は、鐘四郎が嬉しそうにお市に寄り添い、神保小路の西へと姿を消すのを見送り、柳原土手へと下り始めた。

米沢町の角に分銅看板を掲げる今津屋に戻りついたとき、今津屋では店の大戸を下ろすところだった。

「新三郎どの、ひと回り店の内外を見回ります。通用口を開けておいてくだされ」

と言い残し、今津屋の店と屋敷の周りをぐるりと回り、裏路地へと出た。するとそこでは柳次郎が木刀を手に立っていた。

「道場開きの仕度は終わりましたか」

「万全の仕度は終えたつもりですが、明日になって慌てることもありましょう」

「まあ、そんなものです。だが、佐々木道場は人材が揃うておられる。大丈夫、うまくいきますよ」

と保証してくれた。

「竹村さんはどうしておられます」

「それです。千面のおさいと思われる女から連絡があったようで、竹村の旦那はいそいそと出かけていきました。われらがなにも知らないと思っているのですから、旦那もお目出度い」

と柳次郎が苦笑いした。

武左衛門は正直に馬鹿が付くほどの人柄だ。

おさいが庚申の仲蔵の女と知って付き合うのは無理、そのことがすぐに顔に出ると判断した磐音らは、竹村武左衛門を南割下水から今津屋の長屋に呼び戻しただけで、そのことには一切触れず知らぬふりを通すことにした。

その代わり、おさいから連絡があった場合、武左衛門には尾行がつくことになっていた。

地蔵の竹蔵親分と手下たちが扮装して、今津屋の内外に隠れ、武左衛門の行動を見張っていたのだ。

「地蔵の親分方が見張っているとも知らず、今頃薬研堀の飲み屋でおだを上げていますよ」

「さすがは木下どのだ。佐渡銀山を抜けた仲蔵一味を一網打尽にできたとしたら、竹村さんが一番の功労者かもしれませんね」

「坂崎さん、そのことを旦那の前で口にしないでくださいよ。増長して始末に負えなくなります」

と日頃から迷惑をかけられどおしの柳次郎が釘(くぎ)を刺した。

「承知しました」

今津屋を外から見回るという柳次郎と別れ、磐音は今津屋に戻った。すると帳場格子の前で和吉が額を床に擦り付けてなにか詫(わ)びている様子があった。

そのかたわらには筆頭支配人の林蔵と和七が揃って座り、林蔵の怒声が響いた。

「帳合方(ちょうあいがた)を何年任されていなさる。近頃、仕事に慣れて気を抜いたのではありませんか。うちの商いは一瞬の不注意が、店にもお客様にも何十両、何百両の損を与える商売です。それを承知で奉公してきたのでしょう。なんですな、うっかりとですみますか。うちが損をするのはまだよいが、お客様の信用を失う真似をしてほしくはありませんな」

和吉の背がぶるぶると震えていた。

「老分さん、どうしたもので」

と林蔵が由蔵に伺いを立てた。

「柏木屋さんの損はいくらです」

「百五十二両と二分にございます」

「支配人、うちの手違いで損をさせたのです。ご足労ですが、和吉を伴い、相場でご損をかけた金子を持参して、柏木屋に詫びてきてくれませんか」

「老分さん、全額をお返しになるのですか。此度のことは柏木屋にも落ち度がないことではございません。半金でつく話にございます」

「支配人、先ほどおまえ様も申されましたな。うちの商売、お客様の信用をなくすのが一番厄介です。損した金子は、働けばまた取り戻せます。半金戻したのでは、柏木屋さんの気持ちに不満が残ります。損して得とれ、此度は全額を弁済しなされ」

「はい」

と林蔵が言うところにおこんが姿を見せた。

「老分さん、本日、買い求めた虎屋の羊羹がございます。迷惑をかけたお詫びに、柏木屋さんにお渡し願えませんか」

「これはよいところに気が付かれた」

と由蔵がすでに風呂敷に包まれた羊羹の箱を受け取り、

「和吉、誠心誠意、詫びてきなされ。店での話はそれからです」

と厳しい口調で命じて、差し出した。

「はっ、はい」

磐音は台所に行った。

おこんはすでに台所に戻っていて、いつものように立ち働いていた。

「どんなふう」

とおこんが訊いたのは、庚申の仲蔵一味の動静だ。

「品川さんに会うたら、竹村さんが千面のおさいと思われる女に呼び出されたそうじゃ。ということは、まだ押し込みの仕度は整っていないということだ。それに竹村さんには地蔵の親分方が見張りについておられる」

「今晩押し込みはないのね」

「まずあるまい」

「夕餉は奥で、旦那様とお内儀様と一緒にしてもらえないかしら。老分さんの膳もあちらに仕度するわ」

「承知した」

と磐音が返事をしたところに由蔵が姿を見せた。

だが、おこんと由蔵の口から店の騒ぎの一件が出ることはなかった。

四

神保小路では静かに一夜を過ごす夫婦がいた。

佐々木玲圓とおえいだ。玲圓が一人ひとり丁寧に参加者の名を記すかたわらで墨を磨りながら、おえいが呟くように言う。

「おまえ様の夢が叶いましたな」

「うーむ」

と答えた玲圓が、

「これほどの剣客が一堂に打ち揃う大試合が成ろうとはのう。おえい、永年、剣術に携わってきてよかったわ。明日、江戸一番の剣術家が誕生するのじゃ、わくわくいたすわ」

とおえいの顔を見た。だが、その顔には笑みが浮かび、言外に、

（違いますよ、おまえ様）

と書いてあった。

「そうか、道場の増改築であったか。思いがけなくも大工事になってしもうた。これも速水様や今津屋が手助けしてくれたからできたことじゃ。昔の道場は爺様の代に手を入れた古道場ゆえ、あちらこちらから雨漏りはするわ、風は吹き込むわ、ようも永年我慢してきたものよ。それに比べ、此度の道場は江都一と言うても過言ではなかろう。このように立派に改築ができようとはのう。そうじゃ、おえい、道場開きが済んだら、寺参りに行き、ご先祖に此度のことを報告しようかのう」

と言い、おえいの顔を改めて見た。

その顔には相変わらず笑みが浮かんでいた。

「なにっ、このこととも違うか」

「おまえ様、坂崎とおこんさんが私どもの養子養女になることですよ」

「おおっ、そのことか。迂闊であったわ」

「江戸広しといえども、坂崎とおこんさんの二人を後継者に得るなど、畏れ多いほど幸せにございますぞ」

「正直申して、ようも承知してくれたものよと感慨深いものがある。それがしの代でこの道場を潰さずに済んだ」

　玲圓がしみじみと洩らしたものだ。

「坂崎とおこんさんならば丈夫な子を産んでくれましょう」

「われらに孫ができるか」

「孫をこの腕に抱けるとは夢のようにございます」

「うーむ」

　二人はしばし数年後の佐々木家の風景を思い描いた。

「おえい、磐音とおこんさんを連れて寺参りに行こうかのう」

「そういたしましょうな」

「そのためにも、明日の道場開きをなんとしても成功裡に終わらせねばならぬ」

「これほどの人材が佐々木道場の柿落としに雲集されるのです、それだけでも成功と申せましょう」

「いかにもさよう」

玲圓は筆を取り直して、残りの対戦表を書き継いでいった。

その刻限、佐々木道場の長屋では、本多鐘四郎が武骨な手付きで、お市がくれた湯島天神と神田明神のお札を稽古着の裏側に縫い付けていた。

その様子を覗いた辰平が、

「最後は神頼みですか」

と冗談を飛ばそうとした。だが、鐘四郎の顔があまりにも真剣で険しい様子に、そっとその場を離れた。

鐘四郎が二つのお守りを刺し子の稽古着に縫い付け終えたのは、四半刻もあとのことだった。

「これで仕度はなった。心静かに明朝の大試合に臨める」

と自らに言い聞かせるように呟き、裁縫道具を片付け始めた。

今津屋では奥座敷で和やかな夕餉が終わろうとしていた。

一座には江戸六百余軒の両替商を束ねて今や貫禄が出てきた今津屋吉右衛門と

お佐紀の夫婦、老分の由蔵におこん、それに磐音の五人がいた。

おこんはお佐紀の膳に残った菜にふと気付き、

「お内儀様、今宵の味付け、少し辛うございましたか」

と訊くと、お佐紀が顔を横にゆっくりと振った。

「そうではありませんよ、おこんさん」

その笑みを見たおこんが、

「お内儀様、まさか」

「はい」

とお佐紀が微笑みながら頷いた。

「なんということでございましょう」

おこんの返答に男たち三人が訝しげに女二人の顔を交互に見て、吉右衛門が叫んだ。

「お佐紀、そなた、やや子ができたと言いなさるか」

吉右衛門の問いにお佐紀が悠然と、

「おまえ様、迷惑でございますか」

と問い直した。

「な、なんと、真のことにございますか、お内儀様」

由蔵も身を乗り出すように迫った。

「お医師に診てもらったわけではございませんのではっきりとは言い切れませんが、このところの体の変調を見ておりますと、まずそのようかと」

「旦那様、お内儀様、おめでとうございます。いや、どれほどこの知らせを待ち望んだことか」

と答えた由蔵の両眼が潤んだように見えた。

「老分さん、そう興奮なさるな。医師どのの診断を受けた後に祝いの言葉は聞きましょうかな」

と答えた吉右衛門が、どこか安堵した顔で答えた。

「そう言われれば、お内儀様のお体がどことなくふっくらとしてこられたように見受けられます。これは間違いございません。おこんさん、明日にも医師をお呼びいたしましょうかな」

由蔵に応えておこんが頷き、

「明日、早速、手配をいたします」

と言いつつも、

（これで後顧の憂いなく坂崎さんと祝言が挙げられる）

とこちらもほっとした思いであった。

その夜、江戸のあちこちでそれぞれの思いを込めた夜が静かに更けていった。


翌朝、磐音は八つ半（午前三時）に目を覚ました。床を離れるとすぐに今津屋の裏庭に行き、音を立てぬよう井戸の水を釣瓶で汲み上げると、下帯一丁の体に何回もかけた。

斎戒沐浴して身を清め、本日の尚武館道場の柿落としを恙無く迎えたいと思ったからだ。するとひっそりとおこんが姿を見せた。

手には手拭いと浴衣、それに下帯を抱えていた。

「起こしたか」

「本日も上天気よ」

「まずはよかった」

磐音は手拭いで体を拭い上げた。傷の部分は引き攣れを感じたが、普通に動く分に支障はなかった。

「お佐紀どののご懐妊が確かならば目出度いがな」

「女がそう感じたときは、まず間違いないわ」

「そうか、そうであろう。この次はわれらの番か」

おこんからの返事はなかった。

その代わり、拭い上げた背に浴衣が掛けられた。

磐音は濡れた下帯を外し、真新しい下帯を締め込んだ。

「おこん、今津屋を辞める目処が立ったやもしれぬな」

「はい」

と答えたおこんが、

「佐々木道場のお祝いが無事に終わることを念じております」

と言いかけ、磐音の背に自分の体をそっと寄せた。

二人はしばらくの間、井戸端でじっとしていた。

夜明け前、磐音とおこんの眼前を一羽の白い蝶が横切って飛んでいった。

「参る」

磐音はそう言うとおこんの温もりから離れた。

神保小路の佐々木道場内外は、塵ひとつ見つけるのが難しいくらいに掃除が行き届いていた。道場ばかりかご町内の門前に至るまで清掃が行われ、晴れの日を迎える仕度がなっていた。

　夜明けと同時に神田明神の神官を迎え、道場の増改築が無事に終わったことを感謝して、お祓いの儀式が佐々木玲圓と門弟一同によって行われるのだ。

　これが内々の道場開きだった。

一同は、神官の大宮司海野利心（うんのりしん）を待つばかりになっていた。

　その頃合い、佐々木道場の門前に胴間声（どうまごえ）が響いた。

　松平辰平が応対に出た。

「なんぞ御用にございましょうか。まだ刻限も早うござるゆえ、お静かに願います」

　と丁重に願った。

「大声はわれが地声である」

「ご用件を伺います」

「本日、佐々木道場では柿落としの大試合が催されると聞いたが、しかと間違いないか」

「いかにもさようにございます」

「それがし、旅の武芸者、静流薙刀会得者朝倉軍大夫直兼である。大試合に出場いたす」

髭面の大兵がいきなり宣告した。

「朝倉様、無茶でございます」

「なにが無茶か」

「本日の大試合を行うに当たり、先生方が厳しい人選をなされた後、招聘状が届けられました。その方々のみの出場が許されております。ご容赦くださいませ」

「ならぬ。このような好機を見逃せようか。一人くらいどうとでもなろう」

「佐々木道場の高弟でも出場できない方が沢山おられるのです。無理です」

「一人くらいどうとでもなるはずじゃ。それがし、出場することに決めたぞ」

と朝倉が頑張り、辰平も持て余した。

その様子を、徹宵してこの朝を迎えようとしていた大工の棟梁銀五郎が聞いて、

「お侍、無理を言っちゃいけませんぜ。何事にも決まりや習わしがあらあ。それをごり押しするのはよくねえぜ」

と辰平に味方した。

「なにっ、そのほう、朝倉軍大夫がごり押しをしておると申すか。そこへ直れ、薙刀の錆にしてくれん」

と供の者に担がせた薙刀を手にしようとした。

その様子を門外で無数の武芸者が見物していた。佐々木道場の対応次第ではわれもわれもと名乗りを上げよう、江戸で名を売ろうという無頼の連中だ。

「旦那、祝いの場で嫌がらせをするとは、旅の草鞋銭稼ぎかえ。よしねえな、江戸では通じねえよ」

「おのれ」

「斬ろうというのかえ、やめておきねえな。おれの体から青い血なんぞは出てこねえよ。こちとら、神田川で産湯を使った江戸っ子だ。赤い血しか出ないが、それでも斬ると申されるかえ」

「おおっ、血祭りにそなたを斬り、大試合に殴り込む」

「呆れた馬鹿だぜ、そんなことされてたまるものか」

とさすがの銀五郎もいきり立った。

親方の助勢にと職人たちが手に手に丸太ん棒を構えた。

「武士に向かい、馬鹿と申したな。有象無象、一人残らず叩っ斬ってくれん」

　様子を見ていた本多鐘四郎が、

「そこもと、ちと度が過ぎよう。職人を相手に薙刀を振り回すつもりか」

「おおっ、大試合に出さぬというなれば、この場でひと暴れいたす」

　その言動を聞いた鐘四郎が、

「木刀を持って参れ」

　と自ら立ち合うつもりか、門弟にそう命じた。

「師範は本日の大試合の出場者にございます、なりませぬ。それがしが代わりを務めます」

　と磐音が諫めた。

「坂崎、そなたが立ち合うというか」

　磐音は門外の武芸者の群れを鐘四郎に教えた。

　鐘四郎は、この朝倉軍大夫の対応次第では第二、第三の朝倉が現れるかと得心した。

　頷き返した磐音は、

「朝倉どの、道場にはお招きできませぬが、この場で立ち合わせていただきます」

「そのほう、大試合の出場者ではないのか」

　朝倉が蔑(さげす)むように訊いた。

「当道場には数多(あまた)の上段者がおられます。それがしはただの世話役にございます」

「使い走りが相手だと。不足じゃ」

　と朝倉が吐き捨てた。

「朝倉様、お約束いたします。それがしをお倒しになれば出場できるよう、佐々木先生にお願いします」

「なにっ、そのほうを倒せば大試合に出られるとな」

「はい」

「よし」

　朝倉は薙刀の鞘を一動作で外すと、
　ぱあっ
　と斜めに構えた。

　刃渡りは刀の定寸の二尺三寸はありそうな大業物(おおわざもの)だ。

磐音は辰平の竹刀を借り受けた。

「そのほう、竹刀で立ち合うと申すか」

「十分にございます」

磐音は竹刀を正眼に構えた。

さすがは朝倉軍大夫も歴戦の兵。磐音の構えを見ただけで、

「これは油断のならぬ相手」

と気付いた。気を引き締め直した朝倉軍大夫が、
おおっ！

と気合いを発しつつ、右斜めに構えた大反りの薙刀を頭上に振り上げた。下半身がどっしりとした隙のない構えだ。

間合いは二間、薙刀の間合いだ。

磐音は静かに立っている。

朝の光が神保小路に射し込み、対決の二人を照らし出した。

その瞬間、一気に間合いを詰めた朝倉が、電撃の振り下ろしを磐音の頭上に叩き込んだ。

磐音は動かない。

頭上から鋭く振り下ろされる薙刀に対し、

「後の先」

で竹刀が動かされた。

薙刀の刃の下に身を踏み込ませ、竹刀で薙刀の千段巻を、

「発止」

と叩いた。

薙刀が流れた。

その直後、磐音の竹刀が躍って朝倉の胴を、
ばしり
と抜いた。

見事な切り返しは直心影流の、

「龍尾」

と名付けられた技だ。

この技、孫子の兵法から伝わるもので、大蛇の頭を撃つと尾が素早く打ち返し、尾を撃つと頭が襲いくることをいう。また真ん中を撃つと頭と尾が同時に反撃する、華麗にして流麗な切り返しだ。

朝倉の体が横手に三間ばかり吹き飛んで転がった。だが、さすがに薙刀は手放さなかった。

「浅うございましたな。もう一本!」

磐音の声に慌てて朝倉軍大夫が飛び起きた。だが、腰が浮き上がり、体はふらついていた。それでも必死の思いで薙刀を振り回しながら飛び込んできた。

竹刀が朝倉の面を叩いて腰砕けに押し潰した。

だが、磐音は許さなかった。

「まだまだ」

朝倉軍大夫の顔は怒りと恐怖に真っ青に引き攣っていた。

「朝倉どの、勝負は始まったばかりにございます」

磐音に散々に翻弄された朝倉が、薙刀を投げ出して大の字に伸びた。

「もはや終わりにございますか」

と磐音が訊いたが答える余裕もなかった。

「辰平どの、利次郎どの、神田明神の大宮司どのが見えられる刻限じゃ。朝倉軍大夫どのにお引き取り願うがよい」

と磐音が命じると、辰平ら佐々木道場の若い門弟らが、

「それ頭を担げ、足はおれが持つ」

とまるで神輿のように抱え上げて門前へと運び出した。

戦いの一部始終を見ていた武芸者らの面上に、

「佐々木道場、恐るべし」

の思いが走った。だれ一人として朝倉軍大夫の真似をしようという者はいなかった。

騒ぎが鎮まって四半刻後、神田明神の大宮司を迎えた尚武館道場では、師と門弟だけが出席したお祓いの儀式が厳かに始まった。

第五章　四十一人目の剣客

一

朝が明けた。

今日も江戸は雲ひとつない晴れで、梅雨はどこかへ消えたままだ。増改築なった尚武館佐々木玲圓道場へ、六つ半（午前七時）時分から出場者が姿を現し、五つ（午前八時）前から続々と招待客が詰めかけて、神保小路は時ならぬ賑わいを見せた。

それを銀五郎親方や鳶の親方ら、さらには門弟たちが手際よく所定の場所に案内した。最初の招待客が道場の高床に座して半刻（一時間）後には、半数が埋まったほどだ。それらの客たちは席を確保すると、新装なった道場の内外を見て回

り、

「さすがは佐々木玲圓先生の道場ですな。見事な普請ですぞ。それに広い」

「なにしろ佐々木先生には両替屋行司の今津屋が付いておるという噂です。この程度の普請はなりましょうな」

「おうおう、怪我をした方のために治療室もすでに開設されておる」

などと話し合っていた。

中川淳庵と一門の見習い医師たちも早々に仮の治療室に入り、

「これならば十分な治療ができます」

と案内した磐音に淳庵が診察台を褒めた。それは大工の棟梁銀五郎親方が気を利かせたものだった。

「治療室の外に火を用意し、いつでも鍋の湯が使えるようにしてございます」

「結構結構」

と答えた淳庵に、

「本日は面、小手の防具を大半の出場者が付けられますゆえ、まず大怪我が発生することはあるまいと思います」

と磐音が説明した。

「道場開きの大試合です、命を懸けた勝負が眼目ではないですからな。技の優劣がつけられ、それが後々の技の向上に繋がればなおよいですね」

と答えた淳庵がてきぱきと見習い医師たちに治療室の仕度を命じ、手術道具や薬を配置した。

その後、磐音の案内で道場に向かった。

「おおっ、これは広い。大勢の人が入ってこの広さなら、無人ならば壮観荘厳でしょうな」

と感心した。

道場正面の一角の壁に、半分に折った大きな白紙が張り出されていた。まだ秘されたままの緒戦の対戦表だ。

「淳庵先生、ご苦労にございますな」

という声がして今津屋吉右衛門が二人のかたわらに顔を出した。

「今津屋どの、席はございましたか」

「はい。お歴々をさしおいて高床の真ん中に用意されておりました。ちと恐縮ですが、今から楽しみにございます」

と吉右衛門が答えるところに、家治側近の速水左近と赤井主水正がやってきた。

「恙無く柿落としを迎えることができて目出度い」

速水が祝いを述べ、

「今津屋、昨日上様が、予も見たいものじゃ、と密かにそれがしの耳元に囁かれたぞ」

と低い声で告げた。

「なんと、佐々木道場の柿落としを公方様はご存じですか」

「ご承知なされておられる。将軍家と佐々木家は繋がりが深いでな」

速水が胸を張ったところをみると、どうやら家治に告げたのは速水当人らしい、と磐音は推測し、

「門前の様子を見て参りますゆえ、どちら様も失礼いたします」

と断った。

「坂崎どの、そなたは欠場じゃそうな。さぞ悔しいであろうな」

「赤井様、それがしが出ぬとも壮観な顔ぶれにございます」

と会釈し、道場から表へと出た。

式台前と内玄関の前では一人ひとりの招待客に辰平ら若い門弟たちが下足札を

つけて、帰りに履物を間違わぬようその一方を渡していた。

「ご苦労じゃな。なんぞ遺漏はないか」

「下足札を三百五十ほど用意しましたが、足りるかな」

利次郎が首を傾(かし)げる。

「三百五十を超えた分は札なしとし、式台脇に並べておくがよい」

「そういたします」

利次郎が承知した。

門前に磐音が向かうと、銀五郎親方らが手際よく招待客を迎え、身分に合わせて式台、内玄関、さらには佐々木家の母屋へと案内していた。

「親方、ご苦労に存ずる」

「坂崎様、見てくだせえよ。神保小路の東西の入口に、大試合を一目見たい野次馬が無数集まっておりますんで。南町奉行所の方々がお出張(でば)りになって、警戒に勤めておられます」

「なにっ、南町がそのような心遣いを」

磐音は慌てて神保小路東口に走った。すると大頭にちょこんと陣笠を乗せた小男の年番方与力笹塚孫一自ら、陣頭指揮に出馬していた。

「笹塚様、ご苦労にございます。まさか南町がお出張りとは夢想もしませんでした」

「坂崎、気が利いておろう」

と胸を張った笹塚がにたりと笑い、

「実を申すとな、城中から下命があってのことだ。そなたの存じ寄りの御側御用取次はなんと申されたかな」

「速水左近様ですか」

「それそれ、そのお方あたりが、城中でお奉行に圧力をかけられたのであろう」

と南町奉行所の出張りの背景をばらした。

「坂崎、その代わり、庚申の仲蔵一味はうちで捕縛いたすぞ。そなた、その折りは力を貸せ。本日も一郎太はその布陣で臨んでおるでな」

「はっ、承知しました」

と畏まるしかない。

「笹塚様、通りに面した格子窓は限られております。そう大勢が見物できるわけではございません」

「とは申せ、どうするのだ、この人数」

と笹塚が頭を傾げた。するとかたりと音がして、陣笠が大頭から滑り落ちた。

「笹塚様、大試合の経過なりが分かるように対戦表を張り出し、その都度、勝敗を書き加えていきましょうか」

「おおっ、それじゃあ。佐々木道場の名が江戸にさらに広まるためにも、それくらいは工夫せぬとな」

「今すぐに用意させます」

野次馬の向こうから若狭小浜藩の行列が見えた。

その対応は笹塚らや門弟に任せて、磐音は道場へと飛んで戻った。

佐々木家の母屋にはすでに亀山藩主の松平信直が到着し、玲圓と談笑していた。そして、おえいと一緒におこんが茶菓の接待をしていた。

驚く磐音におこんが会釈し、おえいが、

「坂崎、おこんさんから手伝いの申し出があり、助かっております」

と告げた。磐音が知らぬところで話が決まっていたらしい。

磐音は信直に、

「松平様、ご足労に存じ上げます。ただ今、小浜藩の酒井様が到着なされました」

と報告した。

「修理大夫どのも見物に参られたか」

迎えに立とうとする玲圓に、門前脇に張り出す対戦表の一件を告げた。

「そのようなことがあろうかと余分に書いてある。隣部屋にあるで、それを使え」

「承知しました」

磐音は玲圓が用意していた大紙をくるりと巻き、

「暫時失礼申し上げます」

と信直に挨拶して玲圓に従った。

門前では酒井家の行列が到着していた。むろん登城ではない、松平家も酒井家も少人数のお忍び行列だ。

磐音はそれを見ながら、辰平を呼び、大試合が始まった後に門前脇の壁に張り出して、順次勝敗を朱筆で書き加えるように命じた。

「承知しました」

と辰平が受け取った。

「酒井様、ご苦労に存じます」

玲圓が出迎えると乗り物の引き戸が開けられ、

「佐々木先生、目出度いのう」

と忠貫が祝いの言葉を返した。

磐音も玲圓の背後から腰を折って迎えた。

その磐音に視線を移した忠貫が、

「坂崎、そなた、篠田の増長を懲らしめてくれたそうな。大試合前に気付かせてくれてよかったぞ」

としみじみ言った。

「恐縮にございます」

「だが、そなたが出ぬのはなんとも残念かな」

と言い残し、玲圓に案内されて母屋に向かう忠貫一行を見届け、磐音は道場に戻った。早くも招待客の大半が道場に到着し、広い板敷きの上であちらこちらを見物していた。

梶原正次郎が飛んできて、

「坂崎さん、東西控え室に出場者四十人が揃(そろ)いました」

と報告した。

「ならば先生にその旨を申し上げ、道場、東西の控え室三箇所の対戦表を明らかにしてよいか、許しを願うてくれませんか」

「承知」

　と正次郎が再び奥に姿を消し、すぐに戻ってきた。

「坂崎さん、先生のお許しが出ました。それがし、東西の控え室の対戦表を開示いたします」

「頼みます」

　そう答えた磐音は、道場の見所(けんぞ)脇に張り出された対戦表の前に立った。そこには若い門弟の満田譲太郎(みつだじょうたろう)が張り番していた。

「ただ今より尚武館佐々木玲圓道場改築記念の大試合、緒戦の対戦表をご披露申します」

　と大声で告げ、

「譲太郎どの、対戦表を開く。手伝うてくれ」

　はっ、と畏まった譲太郎と磐音が、東方の上に西方が折られて見えなくしていた対戦表を左右から広げた。するとそこへ招待客が集まってきて、

「おおっ！

というどよめきの声が起きた。

磬音は集まる招待客を避けて、見所を挟んで反対側に向かった。するとそこに速水と赤井がいて、

「道場にも知らされたとなれば、われらもよいな」

と小さな紙に書かれた対戦表を懐から出して広げた。

玲圓は賓客のために小さな対戦表も用意していたらしい。それを二人は覗き込み、しばらく無言で見入った。

東西の控え室からも静かな歓声が洩れてきた。

「坂崎どの、そなたは承知か」

「いえ、未だ」

「見よ、この組み合わせの妙を。緒戦の白眉は十五番目の浅山一伝流堀北貫兵衛と天真一刀流男澤左仲の対戦だな。いきなり強豪同士がぶつかりおるわ」

と速水が磬音に指し示した。

東方

一　安藤景虎（上泉流）

二　山田傳蔵（無外流）
三　逸見五郎丸（甲源一刀流）
四　篠田多助（心地流・小浜藩士）
五　朝野谷石雲（無住心剣流）
六　築土陣八（貫心流）
七　柳生多門助（尾張柳生新陰流）
八　和田九兵衛（安心流・福島藩士）
九　竹内文五郎（外他流・新発田藩士）
十　鈴木唯綱（以心流）
十一　林卯次郎（鹿島新当流）
十二　利根川孫六（念流・高遠藩士）
十三　藤田直方（八条流・仙台藩士）
十四　根来小虎（霞新流）
十五　堀北貫兵衛（浅山一伝流・徳島藩士）
十六　黒澤源信（信抜流・福岡藩士）
十七　糸居三五郎（直心影流・尚武館道場）

十八　香坂内膳（鹿島新当流）
十九　船村孫次（二天一流）
二十　小泉六郎兵衛（無辺流）

西方

一　津浪権之丞（神道流）
二　根本大伍（直心影流・尚武館道場）
三　潮見勝雄（吉岡流）
四　一之木右丙太（中西派一刀流）
五　早川竜馬（直心流・土浦藩士）
六　伊藤卯八郎（空鈍流・金沢藩士）
七　土蜘蛛鬼角房（気楽流）
八　堀中源太右衛門（示現流・薩摩藩士）
九　伊庭秀胤（心形刀流）
十　櫛淵與兵衛（神道一心流）
十一　田村新兵衛（直心影流・尚武館道場）

十二　田之中主計（神風流・鳥取藩士）
十三　添田六郎兵衛（丹石流）
十四　津村忠左衛門（一刀流・津藩士）
十五　男澤左仲（天真一刀流・高崎藩士）
十六　深浦亀策（我心流）
十七　三猿大五郎（影山流居合い）
十八　本多鐘四郎（直心影流・尚武館道場）
十九　古藤田杢兵衛（古藤田一刀流）
二十　細川玄五右衛門（柳生新陰流・亀山藩士）

「まず四十人のうち、堀北と男澤の二人は五指に入ろうな」

「その他、甲源一刀流の逸見五郎丸、中西派一刀流の一之木右丙太、尾張柳生の柳生多門助、薩摩示現流の堀中源太右衛門、鹿島新当流の香坂内膳あたりが強豪じゃな」

　と赤井も興奮気味に口を添えた。

　磐音は鐘四郎の対戦相手を確かめた。

なんと赤井が強豪の一人に上げた香坂内膳が相手だった。

本多鐘四郎の心中を考えたが、

（師範ならばどなたが相手でも大丈夫）

と思い直した。

再び磬音が道場に接した母屋に行くと、亀山藩と小浜藩の二人の大名の他に薩摩藩、高崎藩、新発田藩が家老格を送り込んできていた。さらに幕閣から勘定奉行の太田播磨守正房（おおたはりまのかみまさふさ）と奏者番安藤対馬守信成（そうじゃばんあんどうつしまのかみのぶなり）の二人の顔があった。太田とは日光社参で苦労した仲、玲圓、磬音ともに顔見知りであった。勘定奉行は旗本格の職階である。

大名格式の奏者番の安藤信成とは初対面だ。陸奥平（むつたいら）藩五万石の譜代大名である。こちらも日光社参を通じて玲圓と関わりができた仲だ。

佐々木家の三間をぶちぬいた座敷に、大名かそれに準ずる十人近い人物が顔を揃え、和気藹々（わきあいあい）と談笑していた。これらに速水と赤井が加わると、城中が佐々木家に引っ越してきた感があった。

慣れぬ応対に緊張の様子のおえいと、こちらは今津屋で手慣れたおこんがこなしていた。

「坂崎、そなたは出ぬそうじゃな」

日光社参で昵懇(じっこん)となった太田正房が磐音に声をかけた。

「はっ」

と畏まる磐音に、

「今小町のおこんに止められ、出場を見合わせたか」

「はっ、仰せのとおりにございます」

「言いおるな。居眠り磐音が」

と太田正房が一座に、おこんと磐音の仲、さらには居眠り磐音の異名の謂(いわ)れを説明した。

「なんと、佐々木道場にはそのような果報者がおられるか」

薩摩藩江戸家老の小松佳鉦(こまつよしかね)が磐音の顔を見た。

「この者、元々豊後関前藩福坂実高(ふくさかさねたか)どのの家臣でな。故あって藩外に出たが、父は今も国家老を務めておられる」

と今度は酒井忠貫が言い出した。驚く磐音に、

「坂崎、中川淳庵が話してくれたことよ」

と告げ、

「おこんとはいつ祝言を挙げるな」

と訊いた。

「恐れながら、このような場でご披露する話にはございません」

と恐縮する磐音を見ていた玲圓が、

「内々で決まったことがございます。この場を借りて一座の方々に申し上げます。佐々木家では後継として坂崎磐音と養子縁組いたし、一方、上様御側御用取次の速水家に養女に出したおこんと、ゆくゆくは祝言いたす所存にございます。内々の話ゆえ、しばしお含みおきください」

と報告した。

「おおっ、此度の道場改築と申し、佐々木家には目出度きことが重なって、祝着至極にござるな」

と安藤がその場を代表して玲圓に祝いの言葉を述べるところに、

「先生、道場開きの刻限にございます」

と門弟が告げに来た。

二

直心影流尚武館道場の増改築祝いの儀式は、江戸武術界の最長老、神道無念流野中権之兵衛の典雅とも枯淡とも感じられる古武術演技で幕開けし、見物衆の心を深遠幽玄の世界へと誘い、弥が上にも大試合への期待を生じさせた。

悠揚迫らぬ古武術演技が盛大な拍手とともに終わった。

継裃に脇差を差した佐々木玲圓が見所脇の出入り口から姿を見せて、まず見所に一礼した。そこには三人の大名をはじめ、幕閣に連なるお歴々十数人が座していた。さらに広い道場の、見所を挟んでコの字に広がる壁際の高床などに二列三列に座す招待客三百数十人に、腰を折って頭を下げた。

「ご一同様に申し上げます。これより尚武館道場の柿落としの大試合を始めさせていただきます」

といきなり宣告した。

だれもが、玲圓が佐々木道場の増改築に際してその経緯やら経過を述べ、感謝の言葉を述べるものと思っていたのでびっくりした。

だが、それは見物の衆には望むところであった。

の開催にすべての意味を込め、このことに全力を傾注しようと決意していたのだ。

玲圓は武術家らしく、

「大試合」

「大試合は決勝を省き、すべて一本勝負、それがしが審判を務めさせていただきます。決勝は三本勝負二本先取を勝ちといたします。防具は面と小手、得物は竹刀とし、木刀真剣は認めませぬ。その代わり、お望みでない方は防具不着にて立ち合うていただいても構いませぬ」

と決まりを説明したところで、見所の左右から東西それぞれ二十人の出場者が姿を見せて、場内に静かな歓声が広がり、さらに場内の熱気が高まった。

東方の二十人の背には赤切れが、西方には白切れが結ばれ、東西が一目で分かるようになっていた。

磐音は張り出された対決表の下に立っていたが、

「東方、上泉流安藤景虎どの。西方、神道流津浪権之丞どの」

とまず一番手の二人を呼び出した。

ともに江戸府内で町道場を開く剣術家で、安藤景虎は四十一歳、津浪は三十五歳と、武術家としては脂が乗り切った年齢だった。

二人とも防具はつけていない。津浪は薄鉄板入りの鉢巻を巻いた姿だ。

呼び出された両雄が緊張気味に見所に挨拶し、道場の真ん中に進み出た。

道場の大勢の見物衆と、格子窓の外に群がる人々の視線が二人に集中した。

身丈は安藤が五尺四寸、津浪が六尺余の巨漢だった。

「安藤どの、津浪どの、勝負は一本。裁定はすべてそれがしに従うていただく」

と玲圓が厳かに告げ、二人が無言の裡に首肯し、さらに対決の間合いへと進んで竹刀を構え合った。

相正眼だ。

えいっ！

おうっ！

尚武館道場に初めて気合いが響いた。

互いに踏み込んだ二人が面と小手を狙い、目まぐるしく攻め合い、防御し、縺れ合った。次の瞬間、
ぱあっ
と下がりながらの引き面を老練な安藤景虎が決めた。

「東方一本、勝負あり！」

津浪が悲鳴のような声を洩らしたが、すでに勝負は決していた。

両者が挨拶して東西の列に戻った。

二番手は無外流の山田傳蔵、西方は尚武館道場の門弟根本大伍であった。それだけに西方の根本に向かい、静かな声援が広がった。

それが根本には裏目に出た。佐々木玲圓門下の一番手ということで力が入りすぎた。それを試合巧者の山田に見抜かれ、誘い出されるところを見事な胴抜きに決められた。

わあっ！

なんと！

という歓声と悲鳴が交錯した。

東方が二連勝し、三番手は四十人の中でも七指の中に入ると下馬評の高い逸見五郎丸、甲源一刀流の遣い手だ。

相手は吉岡流の潮見勝雄だ。

さすがに評判の高い逸見が潮見をさんざんに翻弄し、厳しい面を決め、潮見は失神してその場に倒れ、門弟らに道場の外に運び出されて、治療室に担ぎ込まれた。

だが、竹刀での打撃に、中川淳庵の見習い医師たちの治療ですぐに意識を取り戻した。

四番手に若狭小浜藩士、心地流の篠田多助が登場した。相手は強豪の一角、中西派一刀流の一之木右丙太だ。

「う－む、相手が悪いかな」

と見所で酒井忠貫が負けを覚悟した。なにしろ篠田は佐々木道場の坂崎磐音に赤子扱いされ、大試合を辞退すると一騒ぎ起こしていた。そのことを中川淳庵にきつく叱られ、

「大試合に出場し存分に負けて、己を知れ」

と命じられていたのだ。

それだけに篠田にはなんの気負いもない。強敵に正面からぶつかるだけと胸に言い聞かせて登場した。それに対して一之木の眼中には、篠田多助などという無名の剣術家の名はなかった。

その気持ちの差が勝敗に出た。

果敢に飛び込んで相手が出てくる出端、小手を決めて、

「東方一本！　勝負ござった」

という玲圓の宣告に一之木が愕然として抗議しようとしたが、もはや勝負は決していた。

場内が割れんばかりに沸き、酒井忠貫も、

「おおっ、篠田、やりおるぞ」

と満足の声を洩らした。

東方が四人連取していた。

対抗戦ではないが、西方が意気消沈するのは致し方ないことであった。

それを断ち切ったのは土浦藩士、直心流の早川竜馬で、無住心剣流の朝野谷石雲と打ち合いに持ち込み、一瞬の隙を突いて面を決めた。

これで西方に勢いが蘇った。

東西一進一退の勝敗が繰り返された。

強敵と目された柳生多門助、堀中源太右衛門は余裕の勝ちを得た。

緒戦の白眉と評された徳島藩士浅山一伝流の堀北貫兵衛と高崎藩士男澤左仲との大勝負を迎えた。

力と力、技と技がぶつかる好勝負になり、粘りに粘った男澤が堀北を倒した。

最後に残った強豪の一人は十八番手、鹿島新当流の香坂内膳だ。相手は佐々木道場の師範を永年務めてきて、この道場開きを期に師範から身を退く本多鐘四郎だった。

これまた息が抜けぬ大勝負となった。

香坂には、

「佐々木玲圓道場、なにするものぞ！」

という気持ちが先行していたため、師範の本多鐘四郎に圧倒的な差で勝利しようと心に決めていた。

鐘四郎は香坂のこの乱れた気持ちを突くように正面から打ち合い、一歩も引けをとらず、

「これはちとおかしい」

と動揺する相手の隙を狙い、見事な胴抜きを披露して勝ちを制した。

四連敗と出足の悪かった西方は必死に建て直し、二十番手の亀山藩士細川玄五右衛門が、無辺流の小泉六郎兵衛を破って凱歌を上げ、五分に戻した。

緒戦が終わり、佐々木道場の四人のうち、糸居三五郎、田村新兵衛、本多鐘四郎が勝ち上がった。

出場者は一旦道場から引き下がり、その間に二回戦の組み合わせが決められることになった。東西それぞれ十人が勝ち残っていた。そこで東西はそのままに、順番を変えて組み合わせが作られた。

二回戦が始まった。

磐音は勝敗を対戦者の上に記す係を務めながら、一人の剣客に注目していた。

霞新流根来小虎だ。

身丈は五尺七寸余か、瘦身(そうしん)だがしなやかな五体に強靭(きょうじん)な精神と力を秘めていた。だが、緒戦ではその力を隠したままに戦い終えたように思えた。

霞新流も知られた流儀ではない。

流祖は荒木無人斎(あらきむじんさい)の門人で森霞之助勝重(もりかすみのすけかつしげ)といわれる。磐音にはその程度の知識しかない。

根来は緒戦の相手、津藩藤堂家の藩士、一刀流の津村忠左衛門に打たせておいて、切り返して勝ちを得た。その行動に、

「後の先」

の余裕を見た。

大試合が静かに再開された。

尚武館道場に姿を見せたのは、東西それぞれ十人ずつだ。
二回戦を勝ち残ったのは、安藤景虎、山田傳蔵、柳生多門助、根来小虎、堀中源太右衛門、伊庭秀胤、逸見五郎丸、男澤左仲、本多鐘四郎、古藤田李兵衛の十人であった。
佐々木道場で残ったのは本多鐘四郎ただ一人、篠田多助も細川玄五右衛門も敗れ去った。
鐘四郎は福岡藩士で信抜流の達人黒澤源信を攻めて攻め抜き、面に仕留めていた。余裕の勝利といってよい。
改めて三回戦の抽選が行われた。
その結果、
安藤景虎対男澤左仲
柳生多門助対堀中源太右衛門
伊庭秀胤対本多鐘四郎
根来小虎対逸見五郎丸
山田傳蔵対古藤田李兵衛
の五組の対決に決定した。

四十人の剣客は十人に絞られていた。

一番手の対戦から番狂わせがあった。

優勝候補の最有力男澤左仲が老練な安藤景虎の焦らし剣法に引っかかり、さんざん追い掛け回した末に反撃を食らって敗北した。

「南無三宝！」

と大声を上げて悔しがったが後の祭りだ。

三回戦二番手の柳生多門助と堀中源太右衛門は壮烈な打ち合いになった。だが、若さと力で勝る柳生が最後は制した。

伊庭と鐘四郎の戦いはこれまで一番の好勝負と、尚武館道場が沸きに沸いた。勝敗の決め手は普段の稽古量の差で、動きの落ちた伊庭を鐘四郎が得意の引き小手で破った。

これまた優勝候補の一角、逸見五郎丸に対して根来小虎が秘めた力の片鱗(へんりん)を見せた。

甲源一刀流の逸見五郎丸を散々に翻弄し、最後は突きで仕留めると、逸見の体が数間も吹っ飛んで悶絶(もんぜつ)した。

場内に震撼(しんかん)とした空気が流れ、大試合を見物していた中川淳庵が初めて立ち上がって治療室に向かった。

無外流の山田傳蔵と古藤田一刀流の古藤田杢兵衛の対決はざわついた道場の空気を鎮める睨み合いの対決になり、阿吽の呼吸で動いた瞬間に、山田傳蔵の電撃の面打ちが決まり、古藤田は敗北し、姿を消した。

大試合は回を追うごとに白熱し、一瞬たりとも見逃せない勝負が続いていた。

そして、ついに五人だけになった。

玲圓が勝ち残った五人を呼び、その前で籤を作り、五人に引かせて対戦相手を決めた。その結果、
安藤景虎対柳生多門助
根来小虎対本多鐘四郎
そして、山田傳蔵が不戦勝となった。

「暫時休息をとられるか」

玲圓が勝ち残った五人に尋ねた。すると五人全員がこのままの大試合続行を望んだ。

「ならば東西に分かれられよ」

と命じる玲圓に、

「あいやしばらく、佐々木先生にお願いの儀がござる」

と根来が言い出した。

「なんぞ注文かな」

「山田傳蔵どの、そなたお一人不戦勝では寂しかろう」

と山田に視線を移した。

「喜んでよいのか悲しんでよいのか、ちと複雑な気持ちにござる」

と山田の素直な返事を聞いた根来が、

「佐々木先生、山田どのの相手に、当道場の門弟坂崎磐音どのをご指名いただけませぬか。それがし、大試合にお招きいただいた折りから坂崎どのとの対決を楽しみにしており申した。それが坂崎どのは刺客に襲われ怪我をなされて欠場とか、なんとも残念至極にござった。見ればお元気に回復なされた様子。それがしの願い、いかがでございますな」

と根来が玲圓に迫った。

この会話は尚武館じゅうが耳を欹(そばだ)てて聞いていた。

玲圓が、

「いかにも、申されるとおり坂崎は怪我を負うたが、傷だけは回復しておる。だが、稽古をやめておるで普段の動きにはほど遠かろう。そなた方の相手が務まるかどうか、当人に諾否を聞いてみよう」

と玲圓が答え、籤引きのかたわらに控えていた磐音を見た。

「勝ち残られた方々が異議なしと申されるなれば、それがし、全力でお相手を務めさせていただきます」

「その言やよし」

と根来小虎が不敵に笑い、四人を見た。

「それがし、結構にござる」

と不戦勝のはずの山田傳蔵が応え、急遽磐音が加わることになった。

「一座の方々に申し伝えます。本来ならば一人不戦勝にて大試合を続けるべきところ、五人の方々の希望にて当道場の坂崎磐音が加わり、四回戦を行います」

との玲圓の説明に、
わあっ！

と尚武館道場の内外から大歓声が上がった。

磐音が仕度をする間、勝ち残った五人も一旦控え室に下がった。

おこんは佐々木家の台所で、料理茶屋から届いた折り詰めの弁当の数を確かめながら、その大歓声を聞いた。

（なにが起こったのかしら）

辰平が台所に姿を見せ、だれかを探し求める様子で目をうろつかせていたが、

「おこんさん」

と声をかけてきた。

「辰平様、どうなさいました」

「坂崎様が突然大試合に出られることになりました」

おこんは作業の手を止めた。

出場することになった経緯を辰平が告げた。

「坂崎様ならば大丈夫ですよ」

辰平がおこんの不安を見て慌てて言った。

「やはり出ることになりましたか」

「おこんさんは考えておられたのですか」

「坂崎さんの本心は、やはり大試合に出ることでしたから」

「ならば念願が叶（かの）うたということですね」

そう言い残した辰平は疾風（はやて）のように道場に戻っていった。

四回戦の第一試合は、予想もかけずに勝ち上がった安藤景虎と柳生多門助の一戦だった。

これまで試合巧者の戦いぶりで勝ち残った安藤もついに息切れし、尾張柳生の秘剣、

「ころばし」

により強か（したた）に胴を叩かれて道場の床に崩れ落ちた。

根来小虎と本多鐘四郎の対戦は、互いが牽制し合う様相で始まった。

四半刻（しはんとき）（三十分）、睨み合いの後、鐘四郎が誘い、根来が踏み込んでの壮絶な打ち合いになった。両者が必死で攻め合ったが、磐音は根来が未だ力を隠していることを確信していた。

叩き合いの後、両者が間合いを取ることを望んだ。

一間半の間合いで根来は先ほど見せた必殺の、

「突き」

の構えを取った。

それに対して、鐘四郎は臆（おく）することなく堂々とした正眼に構えた。

根来の竹刀の先端が、

ちょんちょん
と動き、
ぴたり
と鐘四郎の喉を狙って静止した。

鐘四郎は自ら竹刀の先に身を投げるように飛び込んだ。

根来もまた電撃の突きを繰り出した。

鐘四郎の竹刀が敢然とした突きを払い、胴へと切り返した。

だが、一瞬早く払われた竹刀が変転して鐘四郎の面を打った。

見物の衆には胴と面が相打ちに決まったかに見えた。

「東方、根来小虎どの、面一本!」

との声が響いて、本多鐘四郎の敗退が決まった。

無外流の山田傳蔵と直心影流坂崎磐音の試合は実に静的に始まり、一瞬裡に終わった。

両者が相正眼に構え合った瞬間、山田の動きが凍り付いたように固まった。

一方の磐音は春先の縁側で日向ぼっこをしている年寄り猫のような雰囲気で、ひっそりと立っているにすぎなかった。その姿に威圧されたわけでもあるまいが、老練な試合巧者の山田の動きが完璧に封じ込められた。
山田はそれでも気を奮い立たせて動こうとした。だが、それまでの律動的な流れの動きとは明らかに違い、ぎくしゃくしたものを感じさせた。
磐音は、
すいっ
と半歩引き、山田が自在に動けるように、
「場」
を作った。それに乗った山田傳蔵が動きを取り戻し、勢いに乗じて踏み込んできた。
それを見た磐音もまた相手に合わせた。
二つの竹刀が面と小手に伸びた。
ぱちん
と乾いた音がして、山田の手から竹刀が飛び、磐音の竹刀が虚空に躍って、
ぴたり
と傳蔵の面に止まった。むろん打撃はない。だが、山田はその場に崩れ落ちるように両膝を突き、

「参りました」

と玲圓の審判の声を前に潔く負けを認めていた。

三

三人で組み合わせの籤を引いた。

その結果、準決勝の組み合わせは柳生多門助と坂崎磐音が戦い、根来は不戦勝と決まった。

柳生多門助は尾張徳川家藩士ではなかった。だが、尾張藩の門前の市谷本村町で道場を開く剣術家で、門弟の大半が尾張藩士であった。ということは将軍家と佐々木家の関わりにも似て、尾張藩と深い関係を保っていた。

多門助は三代柳生兵助厳包（連也斎）の血筋と噂される人物で年齢は三十五歳、身丈は五尺七寸ながらがっちりとした体付きの武芸者だった。

多門助がこれまで江戸の剣術界にその名が知られていなかったのは、偏に尾張柳生の江戸藩士だけを相手に稽古をつけ、自ら修行して研鑽してきたからだ。

地味な剣風ながら、重厚にして隙のない戦い方をした。

多門助と磐音は、八双と正眼で対峙した。

二人の構えがぴたりと決まり、両者は相手が動くのを待つつもりか動きを止めた。

静なる対峙は見る人を釘付けにする力を秘めていた。

多門助の五体にはぴーんと張った緊張と力が漲り、それに対して磐音は見物の人々に一様に長閑さを感じさせる居眠り剣法で応じた。こちらも一分の弛緩も感じ取れない。

すでに刻限は九つ半（午後一時）を過ぎていた。

だれもが昼餉も食していなければ、水一杯飲んでいない。だが、餓えも渇きも感ずる者はなく、戦いに全神経を注ぎ込んで注目していた。

道場に射し込む光が消えて、薄暗くなった。

どこぞに姿を隠していた梅雨が戻ってきた気配があった。

気候の変わり目の空気が静かに尚武館道場に流れ込んできた。

その大気の流れを読んだように多門助が、

ぴくり

と八双に構えた竹刀の先で誘い、磐音がつり出されるように動いた。

間合いが一気に詰まり、竹刀が絡み合った。

迅速の竹刀遣いではなかった。だが、二人の一つひとつの攻撃と受けが重厚にして整然と嚙み合い、十数合打ち合われた。

観る人々にははっきりと、攻撃の意思と受けの軌跡が確かめられた。思わず拳に握った手に汗が流れ伝うような心地よい緊迫が戦いから垣間見えた。

攻撃の応酬は永久に続くかに見えた。

多門助がその律動的な流れを変えた。

竹刀捌きを一気に迅速に変えた。

磬音の竹刀がそれに呼応できず虚空を緩やかに舞っているように、見物客には思えた。

多門助の電撃の面打ちが磬音を襲った。

磬音はその攻撃を避けることなく春風の如く前進しながら、優美な軌跡を描く竹刀を多門助の胴に送った。

一瞬、その場の者たちは、柳生多門助の面打ちが決まることを、勝ちを制することを確信した。

だが、次の瞬間、わが目を疑った。

緩やかに舞うと思えた磬音の竹刀が面打ちを寸毫制して胴に、

びしり
と決まり、多門助の体がぐらついて流れ、

「胴打ち、西方一本！」

の玲圓の声と、揺らぐ多門助がすぐに体勢を立て直して下がったのが同時だった。

二人は正座して向き合い、にっこりと笑みを交わし合った。

どおっ！

というどよめきが漣のように尚武館道場を満たしていった。

ついに決勝の時を迎えた。

一人は下馬評にも上らぬ無名の剣客、もう一人は怪我で欠場していた佐々木道場の門弟、その二人が決勝戦で対決することになった。

「信直どの、どちらに分があると思し召しじゃな」

隣に座る酒井忠貫が松平信直に声をかけた。

「忠貫どの、根来小虎と申す剣術家、未だ力を隠しておるようで不気味にござる」

「信直どのは、根来に一日の長があると思われるか」

「いや、そうとは思わぬが、なんとのう気になり申す」

「いかにも」

と見所で二人の大名が意見を述べ合った。

高床の今津屋吉右衛門の周りでも、

「いや、驚きましたぞ。江戸は広い。根来小虎様のような異才が隠れておられるのですからな」

「だが、佐々木玲圓先生の秘蔵っ子には敵(かな)いませんぞ」

「いやいや、いい勝負にございましょう」

「片方は緒戦から戦い抜いて疲れもございましょうが、もう一方も怪我をして体力を失くされていると伺っております。有利不利はどちらにもございますまい」

と噂(うわさ)し合っていた。

一旦下がっていた玲圓が再び道場に姿を見せ、

「ただ今より尚武館道場の柿落としの決勝戦を執り行います」

その声に、東方より根来小虎が、西方より坂崎磐音が出て来た。

二人は三間の間合いで挨拶をし合い、玲圓が、

「両者、力の限りを尽くして心置きなく戦いなされ。勝負は二本得た者の勝ちと

いたす」

と宣告し、根来がさらに間合いを詰めて、するすると出てきた。

一気に、竹刀と竹刀の間が半間を切る打ち合いの間合いに踏み込んでいた。

磐音は正眼、根来は上段と中段の中ほどに竹刀を構えていた。

二人は目と目を見合い、相手の動きを読もうとした。

根来は磐音の双眸(そうぼう)に明鏡止水といった深い静寂を感じていた。

磐音は自らの意識で瞳孔の動きを禁じた根来に、猫を装った猛虎(もうこ)を重ねていた。

きええいっ！

根来が初めて気合いを発した。

だが、磐音は誘いに乗らなかった。

ただ、静かに立っていた。

根来はその姿に苛立(いらだ)ちを感じた。

次の瞬間、動きの気配も感じさせずに飛び込み面を繰り出した。

「飛燕(ひえん)の一撃」

に磐音は、

「後の先」

で応じた。

その場を動くことなく、正眼の竹刀が根来の迅速の竹刀を弾き、同時にそれが胴を抜くと根来に感じさせて面を襲っていた。

びしり
と鈍い音が尚武館に響き、

「西方、面一本！」

と玲圓が宣告した。

場内が歓声を上げる暇もない面打ちだった。

二人は、すいっと元の場所に、間合いに戻った。

追い詰められた根来小虎は躊躇なく必殺の、

「突き」

の構えをとった。

その姿にようやく場内が、
わあっ！

とどよめいた。

「根来は坂崎の喉を一撃に突き破る気でおるぞ」

「いや、いかに迅速な突きでも居眠り磐音には利くまい」

「はてどうかのう」

二人は再び対峙に入った。

磐音は正眼の構えを変えることはなかった。

「あの者、静かなること山の如しじゃのう」

と奏者番の安藤信成が、隣の御側御用取次の速水左近に話しかけた。だが、速水の口から返事はなかった。また安藤も話しかけたことを意識していなかった。

見物の視線が二人の動きだけを注視していた。

死を予感させる不動の突きがいつ繰り出されるのか。

鐘四郎は自ら間合いに入ることで突きを食い止めた。だが、勝負には敗れていた。

磐音は動かない。

どこかで遠雷が響いた。

梅雨が戻ってきたのだ。

見物の一人が堪(こら)えきれず、止めていた息を吐いた。

尚武館道場の張り詰めた空気がそのことで動いた。

きええいっ！

と叫んだ根来小虎が、一撃に勝負をかけて突進した。

迷いのない突きが、竹刀の切っ先が死を秘めて磐音の喉に伸びて迫った。

不動のままに磐音の竹刀が翻り、突きの竹刀を弾いた。

次の瞬間、龍の尾が相手を打つように奔流して、

ばしり

と根来小虎の胴に決まり、根来の体が横手に流れて踏み止まろうとしたが、思わず片膝を突いていた。

「勝負ござった。胴一本にござる」

二人は泰然と対決の場に戻り、正座すると一礼し合った。

「これにて尚武館道場の柿落としの大試合は幕といたす。此度の試みは道場開きの親善親睦の試合にござれば、勝敗は二の次、江都で同じ道を志す同好の士が打ち揃うたことに意義があると佐々木玲圓愚考いたす。さて道場改築にあたっては、多方面に長の歳月迷惑と不自由をおかけいたし、申し訳なく存じており申す。そこで酒とささやかな料理にてお詫びの印といたしたく存じます。本日は見

所におられる貴賓から高床のお客人まで、身分の上下をしばし忘れて無礼講と願い奉る。どなた様も時間の許すかぎり酒を酌み交わし、剣術談義のひとときをお過ごしくだされば、佐々木玲圓、これに勝る喜びはございませぬ」

玲圓の挨拶とともに門弟たちが四斗樽を道場に運び込み、真新しい枡が山積みされた。さらにおこんら女衆と門弟が盆に折り詰めを運び込んできた。

大試合に出場し、相戦った四十人も姿を見せた。

逸見五郎丸に強かに叩かれて気絶した潮見勝雄も、根来の強烈な突きで吹っ飛んだその逸見も、元気な姿を見せた。

見所の貴賓は佐々木家の母屋での接待を受ける予定になっていたが、

「主どのも申された。本日は無礼講、道場開きの祝いの席でござれば、われらも新装なった道場で酒を酌み交わしませぬか」

と奏者番の安藤が二人の大名に話しかけ、

「それがよろしき考えかな」

「われらもこの場にて大試合の余韻を楽しみとうござる」

と松平信直と酒井忠貫が賛同して、磐音らがその場に折り詰めと枡酒を運んでいった。

思いがけなくも大試合に参加することになった磐音はすでに世話役に戻り、道場のあちらこちらに気を配っていた。

「坂崎どの」

と最初に声をかけてきたのは根来小虎だ。

「それがし、そなたを大試合に引き出し、貧乏籤を引かされてしもうた。えらい失態をしたものでござる」

と憮然とした顔で言いかけ、

にたり

と笑うと、

「直心影流居眠り剣法恐るべし。根来小虎、完敗にござった。このとおりにござる」

とおどけたふうに頭を下げた。それで急に、相戦った者同士の間に和やかな空気が流れ、一座が一瞬にして打ち解けた。

「根来どの、そなたの突き、まともに食ろうて声も出ぬ」

と逸見がかすれ声で悔しそうに言う。

「逸見様、失礼をいたしました。そなた様相手に手の内を晒し、佐々木道場の本多どのと坂崎どのにあっさり見破られてしまいました。それがし、突きを当分封印し、修行をし直します」

「まあ、そなたらはよい。それがし、緒戦で男澤どのに敗北いたし、とてもこのままでは藩邸に戻れませぬ。本多どの、しばし道場の端をお借りして寝泊まりさせてくだされ」

と浅山一伝流の堀北貫兵衛が真剣な顔で言い出し、

「あいや、堀北先生、それがしもご一緒させてくだされ」

と緒戦で敗退した中西派一刀流の一之木右丙太が頭を掻きながら申し出ると、われもわれもと緒戦敗退組が同調の声を上げた。

磐音は出場者の応対を鐘四郎らに任せて、道場の高床に行った。するとそこでは今津屋吉右衛門が江戸剣術界の最長老、神道無念流の野中権之兵衛と話していた。

「坂崎様、おめでとうございます」

「それがし、接待役と思うておりましたに、いささか複雑な心境にございます」

「それにしても余裕の勝ちにございました」

「今津屋どの、四十一人目の出場者ゆえ気軽に出られたのがよかったのかもしれません」

と磐音が答え、

「野中先生、模範演技ご苦労さまにございました」

と野中を労った。

「剣術家の接待は竹刀での打ち合いよ。そなたはよき接待をなされたのだ」

と野中が磐音に言い、

「玲圓どのに秘蔵弟子がおると聞いておったが、噂に違わぬ中々の腕前じゃな。技もさることながら、春風駘蕩たるそなたの剣風がよい」

と続けた。

「恐れ入ります」

「玲圓どのはよき弟子を育てられた上に、この尚武館道場の改築と、江戸剣術界一の果報者じゃよ」

と笑うと枡酒を、

くいっ

と飲み干した。飲みっぷりから察してなかなかの酒好きのようだ。

「先生、新しい酒を注いで参ります」

と空の枡を受け取り、樽酒のところに行った。

広い道場のあちこちに車座ができて、酒を酌み交わし、折り詰めの料理に箸を付ける光景が見られた。

四斗樽の前に辰平と利次郎の二羽の軍鶏がいた。

「坂崎様、おめでとうございます」

「あれだけ動いて傷口はなんともございませんか。淳庵先生が心配なさっておられましたよ」

と口々に言った。

「怪我をしたことを忘れておった。辰平どの、すまぬが野中先生に酒を届けてくれぬか」

と頼むと磐音は仮の治療室に行った。そこでは淳庵と見習い医師が折り詰めを食していた。

「おう、見えましたか。殿にお目にかかったら、居眠りどのはやはり別格かなと感嘆しておられましたよ。どれ、傷を見せてください」

磐音は箸を置いた淳庵の前に諸肌を脱いだ。

「少し血が滲んでおるが大事ありません」

と消毒をしてくれた。

「殿が、篠田が緒戦を突破できたのも、早々に気付かせてくれた坂崎がいたからだと感謝なさり、今日の祝いを兼ねてなんぞ考えぬといかぬなと仰せになりました」

「お言葉だけで感激にございます」

「まあ、楽しみにしていてください」

と友が笑った。

大試合の後、尚武館道場を中心にした祝いの宴は七つ半（午後五時）の刻限まで続き、最後の招待客が佐々木家の門前をあとにしたのは暮れ六つ（午後六時）であった。

その頃合いから天気が崩れた。

広い道場を片付けて、今度は門弟だけの祝いが催された。

外ではどしゃぶりの雨が降り出し、

「坂崎、結局、そなたによいところを持っていかれたぞ」

と鐘四郎が磬音に文句をつけた。

「師範も緒戦から勝ち抜かれて五強に残られました。きっとお市どののお守りのお蔭ですよ」

「いや、先生とそなたのお蔭で面目が保てた。これで心置きなく佐々木道場の師範を退くことができる」

「おめでとうございます」

二人の会話を聞いていた玲圓が、

「本多鐘四郎、永年にわたり苦労をかけたな。本日の試合、見事であった」

と褒め、

「せ、先生」

と言葉に窮した鐘四郎の瞼が潤んだ。

磐音が二杯ほど枡酒を飲み干し、急に酔いが回ったか、どたりと仰向けに道場の床に転がり、

「ふうっ」

と大きな息をつくと高鼾で眠り出した。

「坂崎様にしては珍しい」

と辰平が無作法な磐音を見た。

「このところ怪我をして酒を飲んでおらぬ。それに道場開きの仕度に奔走して、疲れも溜まっていたのであろう」

と鐘四郎が同情の顔を見せ、

「辰平、坂崎を長屋に運んで床にゆっくりと休ませよ。今晩はわれらと一緒に泊まりだ」

「このような機会は滅多にありませんからね」

と辰平らが酔い潰れた磐音を、

「わっしょいわっしょい」

と担いで賑やかに長屋に運んでいった。

四

夜、雨は降り続いていた。

篠突く雨とはこういう雨か。米沢町の地面を、細く尖った雨が束になって穿っていた。すでにいくつもの水溜りができて、雨がその水面を激しく叩き、飛沫を上げていた。

九つ半（午前一時）を過ぎた時分、激しい雨の音になにか別の音が混じった。

黒装束(くろしょうぞく)の影が一つ、今津屋の裏手の路地に姿を見せた。全身がずぶ濡(ぬ)れで顔だけが雨に晒されていた。だがその白い顔にも墨が塗られ、闇(やみ)に紛れていた。

女の顔だ。

女は今津屋の家作、長屋の木戸を潜(くぐ)り、雨に打たれた朝顔の竹垣にへばりつくように進んだ。

そして、夜回りの品川柳次郎と竹村武左衛門が控える長屋の明かりを見ていたが、静かに歩み寄った。

腰高障子の向こうからごうごうと鼾が響いてきた。二つの音色の鼾が競争し合っていた。

高い鼾が竹村武左衛門だな、と女は納得した。

障子から洩れる明かりに墨を塗った女の顔が、

にやり

と笑った。

黒く塗られた顔は千面のおさいだった。

おさいは木戸に戻りながら、自分の気持ちに念を押すように確かめた。

武左衛門は酔い潰れると朝まで起きないことを、これまで誘い出して酒を飲ませ、承知していたからだ。仲間の一人にも大徳利を土産(みやげ)に持たせていた。おそらく武左衛門に勧められ、酒を飲んでしまったのだろう。

おさいは木戸口に立った。

今津屋の店と母屋に待機する一番の難敵、佐々木玲圓道場の門弟の一人坂崎磐音は、道場開きの大試合に出た上に祝い酒を飲んで、道場の長屋で眠り込んでしまった。

大試合を見物する体で二人の仲間が格子窓に張り付き、大試合が終わった後まで密かに道場の様子を観察した結果得た情報だった。

今津屋の奉公人は大勢いたが、庚申の仲蔵の親分の押し込みならば、だれにも気付かれることなく金蔵の錠前を破り、千両箱を持ち出せる自信があった。

押し込みに要する時間はおよそ四半刻だ。

おさいは路地の左右に手を振った。

激しい雨煙を突いて、二つの黒装束の集団が路地の東西から姿を見せた。

薬研堀の方角から姿を見せた一団の先頭の男は竹棒を担いでいた。

仲蔵の末弟で竹登りが得意な野猿(やえん)の三蔵(さんぞう)だ。

今津屋の蔵の屋根が高塀の上に見える辺りに差しかかった三蔵は、担いできた三間半もの竹竿を機敏にも高塀に立てて、

するする

と雨をものともせずに登り、あっさりと今津屋の敷地へと姿を消した。

二つの集団が裏木戸の左右に膝を突いて待機した。

三蔵が裏木戸の戸を開けるのを待ったためだ。

しばらく時間を要していたが、音もなく戸が開いた。先頭の黒装束が中に飛び込み、

うっ

という声を上げた。思わず仲間が、

「髪結、どうした」

と声をかけていた。

髪結の千太が戸口から姿を見せた。棒立ちになったような歩き方で仲間の前に出てきた千太は足を縺れさせて、

どたり

と雨の路地に顔から倒れ込んだ。

庚申の仲蔵がぎくりとしながらも、

「おかしい」

と落ち着いた声音で呟いた。

「親分、どうしなさった」

千面のおさいが訊いた。

その瞬間、裏路地の左右から強盗提灯（がんどうぢょうちん）の明かりが差し込み、黒の集団を雨の中に浮かび上がらせた。

「しまった、謀（はか）られたか」

庚申の仲蔵が吐き捨てると長脇差の柄（つか）に手をかけ、

「野郎ども、今晩の押し込みは失敗（しくじ）った。斬り破って薬研堀の船まで突っ走るぜ」

と命じた。

「合点だ」

さすがに佐渡の銀山から島抜けしてきた仲蔵一味だ。危難に陥っても騒ぐ真似（まね）はしなかった。

一団が仲蔵を先頭に薬研堀へ突っ走ろうと身構えたとき、

「親分、もはや手遅れじゃぞ」

とのんびりした声がして、木戸の中から一つの影が姿を見せた。

「おまえは坂崎磐音」

おさいが驚きの声を上げた。

「千面のおさいさんとはそなたか」

磐音が強盗提灯の明かりに照らされた、墨がまだらに流されたおさいの顔を見て、

「そなた、両国橋の東詰で花を売っておったな」

と訊いていた。

「酔い潰れて道場の長屋に泊まったはずではなかったのかい」

「おさい、竹村どのを再三飲みに誘い、今津屋の様子を聞き出し、さらには佐々木道場にまで見張りを付けてわれらが行動を逐一確かめたところまではよかった。だがな、それがしが酔い潰れたのは、そなたらを誘き出すための策じゃ」

「くそっ！」

とおさいが吐き捨てた。

「おさい、そなたには騙されたぞ」

と長屋の木戸口で武左衛門の胴間声が響いた。

一味が、

さあっ

と木戸口に視線を移すと、雨に濡れた竹村武左衛門と品川柳次郎の二人が木刀を手に立っていた。

「どうも、おれにしては持てすぎると思うておったが、まあ、ともかく何度か楽しい酒に与った。礼を申す、このとおりじゃ」

と武左衛門が頭を下げ、庚申の仲蔵が憤怒の声で命じた。

「都築先生、久保田先生、なんとしてもこの場を逃れて、改めてこの恨みを果たしますぜ」

「おうっ」

と呼応した、佐渡銀山から仲蔵と一緒に逃れた二人の剣客都築重次郎と久保田幾馬が、決死の覚悟で剣を引き抜いた。

その前に木刀を提げた武左衛門が立ち塞がり、

「坂崎さん、そなたは大試合で活躍したそうな。柳次郎は酔い潰されたおれの面倒をよう見てくれた。この場は丹石流の竹村武左衛門にお任せあれ」

とするすると二人の剣客の前に出た。

「用心棒、命を捨てる気か」

都築はいきなり豪剣を、武左衛門の腰を掬(すく)い上げるように振るった。迅速な剣捌(さば)きに、

おっ

と声を出した武左衛門が飛び下がり、雨に濡れた溝板(どぶいた)の蓋(ふた)の上に着地して足を滑らせ、転んだ。

都築がその様子を見て、

「親分、ここには構わず薬研堀まで斬り抜けて逃走したほうがいい」

と言い、その先頭に立とうとした。

「おやめなされ。すでに南町奉行所の方々が路地の左右は固めておられる。逃げ場所はござらぬ」

磐音が長閑にも話しかけ、都築が気配も見せずに剣を叩き付けるように磐音に見舞った。

雨の中、

ふわり

と磬音が踏み込み、振り下ろされる剣を木刀が弾いた。

鈍い音が響き、都築の剣が二つに折れ飛んだ。

あっ
と悲鳴を上げる都築は、さらに踏み込まれた磬音に肩口を叩かれて、雨の水溜りに顔を突っ込ませて崩れ落ちた。

磬音が仲蔵を振り見た。

がらん
と仲蔵が長脇差を捨て、

「野郎ども、てめえらのお慈悲はこの庚申の仲蔵が願ってやる。無駄な抵抗はやめるこった」

と手下(てか)に潔く言い放った。

「親分、わたしゃ、女牢(ろう)なんぞに放り込まれるのは嫌だよ」

おさいが悲鳴を上げた。

「おさい、おれも耄碌した。てめえらの探索を鵜呑(うの)みにしたんだからな。だが、もういけねえや。佐々木玲圓の道場開きで勝ちを得た相手が、おれたちの前に立ち塞がっていなさるんだぜ。その上、南町の大頭与力のお出張りだ。諦(あきら)めるしかねえ」

と言うと仲蔵は両手首を重ね、手下たちは長脇差や匕首を捨て、神妙な様子を見せた。すると左右の路地を固めていた南町の面々が強盗提灯の明かりとともに接近してきた。

おさいの泣き声だけが雨に響いて哀しげだった。

およそ半刻後、今津屋の台所には老分番頭の由蔵とおこん、磐音、柳次郎、武左衛門の五人だけがいた。雨に濡れそぼった磐音たちは乾いた衣類に着替えていた。

すでに南町奉行所の面々が庚申の仲蔵一味十七人を捕縛して、奉行所に引き上げていた。

おこんが酒の仕度をしながら、

「此度のお手柄はやはり竹村様かしら」

と一座に訊いた。

南町奉行所きっての知恵者与力笹塚孫一が引き上げるに際して、

「まあ、なにやかやと世間を騒がす竹村武左衛門どのが、千面のおさいから誘い出されたのが捕縛のきっかけといえぬこともない。手柄の第一かのう」

と皮肉っぽく言い残していた。

「おこんさん、また増長します」

と柳次郎が言い、珍しく神妙な顔付きの武左衛門が、

「おこんさん、つくづくそれがし、己が嫌になり申した。女に誘われ、酒に釣られて本性を露呈した。当分禁酒いたす」

「あら、酒の仕度をしたわよ」

「えっ、仕度をした！　ならば禁酒は明日からということにいたそうか」

と武左衛門が舌なめずりするのへ柳次郎が、

「竹村の旦那！」

と叫んだ。だが、そのときにはもう武左衛門の手には茶碗があった。

夜明け前、雨は降り続いていた。

江戸の町並みも雨煙で曇り、数間先が見えないほどの降りだ。

磐音はおこんに見送られて今津屋の通用口を出た。

番傘を差した磐音に、

とおこんが言いかけた。

「おこんさん、このところ怪我やなにかで宮戸川の鰻割き(うなぎさ)の仕事を怠けておる。深川の暮らしを支える生計(たつき)をおろそかにしてはならぬ」

磐音は自らに言い聞かせるように呟き(つぶや)、

「おこんさん、宮戸川の仕事ももはや長くは続けられまい」

「佐々木先生の養子に入っては鰻割きもないわね」

「それがしはよいが、先生の体面に関わる」

「だから、出られるときに出るというの」

「そういうことじゃ」

磐音はおこんにそう言い残すと、両国西広小路を斜めに突っ切った。さすがに人影はない。そろそろ職人衆が普請場に向かう刻限だが、さすがにこの雨では外職は休みだ。

西広小路の見世物小屋の前にも大きな水溜りができていた。

磐音は川風とともに斜めに吹きつけてくる雨に傘を翳(かざ)しながら、西広小路から両国橋に差しかかった。

橋番も番小屋に籠もったきり出てくる様子はない。

昨夜来の雨に大川の水嵩が増し、ごうごうと恐ろしげな音を立てて流れていた。

橋桁に流木でもぶつかる音か、
ごーんごつん
と響いてきた。さすがに水上を往来する船は一艘もいなかった。

磐音は橋に差しかかった。

長さ九十六間の橋向こうは全く見えなかった。

ごろごろと橋板に軋む音がして、蓑笠の男衆二人が引く大八車が深川からこちらへと渡ってきた。

橋止めになる可能性もあった。その前に、仕事先に荷を納めようと出てきた連中か。

磐音は橋の南側に沿い、傾けた傘の柄を両手でしっかりと持ってひたひたと進んだ。

大八車が通り過ぎた後、往来する人の姿は途絶えた。

梅雨は今日一日降り続く気配であった。

風に雨煙が左から右に戦いだ。
磐音は傘の柄をしっかりと握り締めた。
欄干の下の柱に風雨を避けたか、白い蝶が必死でへばりついているのが見えた。
磐音はなんとなく足を止めて、健気にも生き抜こうとする梅雨の蝶を見た。
(頑張れよ、降りやまぬ雨はないでな)
磐音の無言の言葉が分かったように蝶が羽を動かした。
橋上に人の気配がした。
やはり深川の方向から番傘を差した影が歩いてきた。
磐音も蝶に別れを告げて歩き出した。
互いに傘を差しかけていた。
磐音は傘を傾げた。すると相手も反対側に傾げた。
擦れ違うほどに接近した。
相手の傘が、
ふわり
と雨の虚空に舞い上がった。

風で傘が飛ばされた動きではなかった。意思を持ち、磐音の視界を塞ぐような飛ばされ方だ。

磐音は欄干に身をぶつけるように避けた。

ばしり

と虚空に舞う傘を両断して刃(やいば)が襲いきた。

磐音は欄干に身を避けたことで、なんとか刃から逃れることができた。

続いて二撃目に見舞われた。

磐音は長船長義二尺六寸七分を抜き合わせる余裕はなかった。

手にしていた傘を刃の襲いくる方角に差し出すと、

ばさり

と斬り割られた。だが、刃が見えたとき、磐音は傘を手放して横手に飛んでいた。

間合いが広がった。

磐音は長船長義の柄(つか)に手をかけ、抜いた。

その瞬間、柳原土手で襲いきた刺客と分かった。

相手は八双に剣を立てた。

「また会うたな」

剣を正眼に構えた磐音は口を利く余裕が生まれた。

「坂崎磐音、此度は逃さぬ」

「たれに頼まれたな」

ふふふふうっ
という笑みを洩らした刺客が、

「そなたが彼岸に参っても、想像もつくまいよ」

と言い放った。

「そなたが勝ちを制するとばかりも言いきれまい。遺言代わりに、頼んだ相手の名を言い残していく気はないか」

「そなたを邪魔に思うお方が城中におられる」

「城中にとな」

「その先はあの世で考えよ」

病持ちと思える刺客が間合いを詰めてきた。

磐音は欄干を離れて橋の中央に出た。

相手も磐音の動きに従った。

「名はなんと申す」

「四出縄綱」

雨煙から視界を守るために瞼を細く閉じた四出が踏み込みつつ、八双の剣を磐音の肩口に斬り落としてきた。

正眼の剣を引き付けつつ、磐音も踏み込んだ。

肩口に襲いきた四出の剣を長船長義が弾いた。

弾かれることを予測した四出は再び八双に構え直した。

磐音もまた左脇構えに変転させていた。

肩と胴。

二つの剣の流れが雨煙を斬り裂いた。

直後、四出縄綱の体が硬直したように棒立ちになり、
うっ
と口から声が洩れた。

磐音の胴斬りが一瞬早く四出の体を襲い、一瞬立ち竦んだ後、痩身が横に流れて欄干にぶつかった。

四出の顔が磐音を見た。

寂しげな笑みが殺げた頬に浮かんだ。

次の瞬間、体が欄干の外によれて、水嵩を増した大川の激流へと落下していった。

ふうっ
と磐音は息をついた。

その目に、欄干下の柱に羽を休めていた蝶が雨に抗して舞い上がり、新たな避難場所を求めて必死に飛びさっていくのが見えた。

この作品は双葉文庫のために書き下ろされました。

双葉文庫

さ-19-19

居眠り磐音 江戸双紙
いねむ　いわね　えどぞうし

梅雨ノ蝶
ばいう　ちょう

2006年9月20日　第1刷発行
2011年11月21日　第30刷発行

【著者】
佐伯泰英
さえきやすひで

【発行者】
赤坂了生

【発行所】
株式会社双葉社
〒162-8540 東京都新宿区東五軒町3番28号
［電話］03-5261-4818（営業）　03-5261-4833（編集）
www.futabasha.co.jp
（双葉社の書籍・コミックが買えます）

【印刷所】
大日本印刷株式会社

【製本所】
株式会社宮本製本所

【表紙・扉絵】南伸坊
【フォーマット・デザイン】日下潤一
【フォーマットデジタル印字】飯塚隆士

ISBN4-575-66254-2 C0193
Printed in Japan

秋山香乃
からくり文左　江戸夢奇談
風冴ゆる
長編時代小説〈書き下ろし〉
入れ歯職人の桜屋文左は、からくり師としても類まれな才能を持つ。その文左が、八百八町を震撼させる難事件に直面する。シリーズ第一弾。

秋山香乃
からくり文左 江戸夢奇談
黄昏に泣く
長編時代小説〈書き下ろし〉
文左の剣術の師にあたる徳兵衛が失踪した日の夕刻、文左と同じ町内に住む大工が、酷い姿で堀に浮かぶ。シリーズ第二弾。

井川香四郎
洗い屋十兵衛　江戸日和
逃がして候
長編時代小説〈書き下ろし〉
やむにやまれぬ事情を抱えたあなたの人生、洗い直します——素浪人、月丸十兵衛の人情闇裁き。書き下ろし連作時代小説シリーズ第一弾。

井川香四郎
洗い屋十兵衛　江戸日和
恋しのぶ
長編時代小説〈書き下ろし〉
辛い過去を消したい男と女にも、明日を生きる道は必ずある。我が子への想いを胸に秘めて島抜けした男の覚悟と哀切。シリーズ第二弾。

井川香四郎
洗い屋十兵衛　江戸日和
遠い陽炎
長編時代小説〈書き下ろし〉
今度ばかりは洗うわけにはいかない。番頭風の男は、十兵衛に大盗賊・雲切仁左衛門と名乗ったのだ……。好評シリーズ第三弾。

池波正太郎
熊田十兵衛の仇討ち
時代小説短編集
熊田十兵衛は父を闇討ちした山口小助を追って仇討ちの旅に出たが、苦難の旅の末に……。表題作ほか十一編の珠玉の短編を収録。

岩切正吾
大石兵六　勤番江戸暦
仇討ち橋
長編時代小説〈書き下ろし〉
敵討ちの助太刀を頼まれた大石兵六が巻き込まれた、次期将軍の座を巡る暗闘。示現流の剛剣が唸りをあげる。

岡田秀文 本能寺六夜物語 連作時代短編集

本能寺の変より三十年後に集められた、事件に深く関わる六人は何を知っていたのか⁉ 第21回小説推理新人賞受賞作家の受賞後第一作。

片桐京介 忘れ花 信州上田藩足軽物語 幕末時代小説 短編集

「武士ではあるが侍ではない」信州上田藩の足軽の悲哀と尊厳を、叙情溢れる筆致で描いた傑作短編時代小説。

勝目梓 天保枕絵秘聞 長編官能時代小説

天才枕絵師にして示現流の達人・淫楽斎が、モデルに使っていた女性を相次いで惨殺され、真相を追うことに。大江戸官能ハードボイルド。

加野厚志 京都魔性剣 姫巫女烏丸龍子(ひめみこからすまりゅうこ) 長編時代小説〈書き下ろし〉

幕末の京都、烏丸神社の一人娘で鞍馬流剣術の達人烏丸龍子の元に、御所の妖怪・岩倉具視が、誘拐された荻姫の探索を求めてきた。

加野厚志 池田屋の決闘 姫巫女烏丸龍子(ひめみこからすまりゅうこ) 長編時代小説〈書き下ろし〉

京の平安を守る烏丸神社の女主・龍子と新選組の沖田総司が、立ち塞がる凶漢を討つ。著者会心の幕末伝奇ロマン第二弾。

近衛龍春 鑓(やり)の才蔵 関ヶ原の鬼武者 長編時代小説〈書き下ろし〉

乱世のさなか、生涯で討ち取った首は四百六十余。鑓一本で戦国時代を駆け抜けた可児才蔵の苛烈な人生を描いた渾身作。

佐伯泰英 陽炎ノ辻(かげろうのつじ) 居眠り磐音(いわね) 江戸双紙 長編時代小説〈書き下ろし〉

直心影流の達人坂崎磐音が巻き込まれた、幕府を揺さぶる大事件! 颯爽と悪を斬る、著者渾身の痛快時代小説! 大好評シリーズ第一弾。

佐伯泰英

居眠り磐音（いわね）　江戸双紙

寒雷（かんらい）ノ坂

長編時代小説〈書き下ろし〉

内藤新宿に待ち受けていた予期せぬ大騒動。深川六間堀で浪々の日々を送る好漢・坂崎磐音が振るう直心影流の太刀捌き！シリーズ第二弾。

佐伯泰英

居眠り磐音（いわね）　江戸双紙

花芒（はなすすき）ノ海

長編時代小説〈書き下ろし〉

安永二年、初夏。磐音にもたらされた国許、豊後関前藩にたちこめる、よからぬ風聞。亡き友の想いを胸に巨悪との対決の時が迫る。シリーズ第三弾。

佐伯泰英

居眠り磐音（いわね）　江戸双紙

雪華（せっか）ノ里

長編時代小説〈書き下ろし〉

許婚、奈緒を追って西海道を急ぐ直心影流の達人、坂崎磐音。その前に立ち塞がる異形の僧……。大好評痛快時代小説シリーズ第四弾。

佐伯泰英

居眠り磐音（いわね）　江戸双紙

龍天（りゅうてん）ノ門

長編時代小説〈書き下ろし〉

相も変らぬ浪人暮らしの磐音だが、正月早々、江戸を震撼させた大事件に巻き込まれる。大好評痛快時代小説シリーズ第五弾。

佐伯泰英

居眠り磐音（いわね）　江戸双紙

雨降（あふり）ノ山

長編時代小説〈書き下ろし〉

夏を彩る大川の川開きの当日、花火見物の納涼船の護衛を頼まれた磐音は、思わぬ女難に見舞われる。大好評痛快時代小説シリーズ第六弾。

佐伯泰英

居眠り磐音（いわね）　江戸双紙

狐火（きつねび）ノ杜（もり）

長編時代小説〈書き下ろし〉

両替商・今津屋のはからいで紅葉狩りにでかけた磐音一行は、不埒な直参旗本衆に付け狙われる。大好評痛快時代小説シリーズ第七弾。

佐伯泰英

居眠り磐音（いわね）　江戸双紙

朔風（さくふう）ノ岸

長編時代小説〈書き下ろし〉

南町奉行所年番方与力に請われて、磐音は江戸を騒がす大事件に関わることに。居眠り剣法が春風に舞う。大好評痛快時代小説シリーズ第八弾。

佐伯泰英

居眠り磐音　江戸双紙

遠霞ノ峠

長編時代小説
〈書き下ろし〉

奉公にでた幸吉に降りかかる災難。一方、豊後関前藩の物産を積んだ一番船が江戸に向かう。大好評痛快時代小説シリーズ第九弾。

佐伯泰英

居眠り磐音　江戸双紙

朝虹ノ島

長編時代小説
〈書き下ろし〉

炎暑が続く深川六間堀。楊弓場の朝次から、行方知れずの娘芸人を捜してくれと頼まれた坂崎磐音は……。大好評痛快時代小説シリーズ第十弾。

佐伯泰英

居眠り磐音　江戸双紙

無月ノ橋

長編時代小説
〈書き下ろし〉

秋の深川六間堀、愛刀包平の研ぎを頼んだことで思わぬ騒動に。穏やかな磐音の人柄に心が和む、大好評痛快時代小説シリーズ第十一弾。

佐伯泰英

居眠り磐音　江戸双紙

探梅ノ家

長編時代小説
〈書き下ろし〉

雪が舞う深川六間堀、金兵衛長屋の浪人坂崎磐音は御府内を騒がす押し込み探索に関わり……。大好評痛快時代小説シリーズ第十二弾。

佐伯泰英

居眠り磐音　江戸双紙

残花ノ庭

長編時代小説
〈書き下ろし〉

水温む江戸の春、日暮里界隈に横行する美人局騒ぎで、坂崎磐音は同心木下一郎太を手助けすることに。大好評痛快時代小説シリーズ第十三弾。

佐伯泰英

居眠り磐音　江戸双紙

夏燕ノ道

長編時代小説
〈書き下ろし〉

両替商今津屋の老分番頭由蔵らと日光社参に随行することになった磐音だが、出立を前に思わぬ事態が出来する。大好評シリーズ第十四弾。

佐伯泰英

居眠り磐音　江戸双紙

驟雨ノ町

長編時代小説
〈書き下ろし〉

助力の礼にと招かれた今津屋吉右衛門らの案内役として下屋敷に向かった磐音は、父正睦より予期せぬことを明かされる。大好評シリーズ第十五弾。

佐伯泰英
居眠り磐音(いわね)　江戸双紙
螢火(ほたるび)ノ宿(しゅく)
長編時代小説
〈書き下ろし〉

小田原脇本陣・小清水屋の長女お香奈と大塚左門が厄介事に巻き込まれる。一方、白鶴太夫にも思わぬ噂が……。大好評シリーズ第十六弾。

佐伯泰英
居眠り磐音(いわね)　江戸双紙
紅椿(べにつばき)ノ谷
長編時代小説
〈書き下ろし〉

菊花薫る秋、両替商・今津屋吉右衛門とお佐紀の祝言に際し、花嫁行列の案内役を務めることになった磐音だが……。大好評シリーズ第十七弾。

佐伯泰英
居眠り磐音(いわね)　江戸双紙
捨雛(すてびな)ノ川
長編時代小説
〈書き下ろし〉

坂崎磐音と品川柳次郎は南町奉行所定廻り同心・木下一郎太に請われ、賭場の手入れに関わることに……。大好評シリーズ第十八弾。

坂岡真
照れ降れ長屋風聞帖
大江戸人情小太刀
長編時代小説
〈書き下ろし〉

江戸堀江町、通称「照れ降れ町」の長屋に住む浪人、浅間三左衛門。疾風一閃、富田流小太刀の妙技が江戸の人の情けを救う。好評シリーズ第一弾。

坂岡真
照れ降れ長屋風聞帖
残情十日の菊
長編時代小説
〈書き下ろし〉

浅間三左衛門と同じ長屋に住む下駄職人の娘に舞い込んだ縁談の裏に、高利貸しの暗躍が。富田流小太刀で救う江戸模様。好評シリーズ第二弾。

坂岡真
照れ降れ長屋風聞帖
遠雷雨燕(えんらいあまつばめ)
長編時代小説
〈書き下ろし〉

孝行者に奉行所から贈られる「青緡五貫文」。そのために遊女にされた女が心中を図る。裏には町役の企みが。好評シリーズ第三弾。

坂岡真
照れ降れ長屋風聞帖
富(とみ)の突留札(つきどめふだ)
長編時代小説
〈書き下ろし〉

突留札の百五十両が、おまつ達に当たった。用心棒を頼まれた浅間三左衛門は、換金した帰り道で破落戸に襲われる。好評シリーズ第四弾。

坂岡真
照れ降れ長屋風聞帖
あやめ河岸
長編時代小説〈書き下ろし〉

浅間三左衛門の投句仲間で定廻り同心に戻った八尾半四郎が、花魁・小紫にからんだ魚問屋の死の真相を探る。好評シリーズ第五弾。

坂岡真
照れ降れ長屋風聞帖
子授け銀杏（いちょう）
長編時代小説〈書き下ろし〉

境内で腹薬を売る浪人、田川頼母の死体が川に浮いた。事件の背景を探る浅間三左衛門の怒りが爆発する。好評シリーズ第六弾。

翔田寛
影踏み鬼
短編時代小説集

第22回小説推理新人賞受賞作家の力作。若き戯作者が耳にした誘拐劇の恐るべき顛末とは？　表題作ほか、人間の業を描く全五編を収録。

鈴木英治
口入屋用心棒
逃げ水の坂
長編時代小説〈書き下ろし〉

仔細あって木刀しか遣わない浪人、湯瀬直之進は、江戸小日向の口入屋・米田屋光右衛門の用心棒として雇われる。好評シリーズ第一弾。

鈴木英治
口入屋用心棒
匂い袋の宵
長編時代小説〈書き下ろし〉

湯瀬直之進が口入屋の米田屋光右衛門から請けた仕事は、元旗本の将棋の相手をすることだったが……。好評シリーズ第二弾。

鈴木英治
口入屋用心棒
鹿威し（ししおど）**の夢**
長編時代小説〈書き下ろし〉

探し当てた妻千勢から出奔の理由を知らされた直之進は、事件の鍵を握る殺し屋、倉田佐之助の行方を追うが……。好評シリーズ第三弾。

鈴木英治
口入屋用心棒
夕焼けの甍（いらか）
長編時代小説〈書き下ろし〉

佐之助の行方を追う直之進は、事件の背景にある藩内の勢力争いの真相を探る。折りしも沼里城主が危篤に陥り……。好評シリーズ第四弾。

鈴木英治　口入屋用心棒　春風（はるかぜ）の太刀　長編時代小説〈書き下ろし〉
深手を負った直之進の傷もようやく癒えはじめた折りも折り、米田屋の長女おあきの亭主甚八が事件に巻き込まれる。好評シリーズ第五弾。

高橋三千綱　右京之介助太刀始末　お江戸は爽快　晴朗長編時代小説
颯爽たる容姿に青空の如き笑顔。何処からともなく現れた若侍が、思わぬ奇策で悪を懲らしめる。痛快無比の傑作時代活劇見参!!

高橋三千綱　右京之介助太刀始末　お江戸の若様　晴朗長編時代小説
五年ぶりに江戸に戻った右京之介、放浪先での事件が発端で越前北浜藩の抜け荷に絡む事件に巻き込まれる。飄々とした若様の奇策とは?!

千野隆司　主税助（ちからのすけ）捕物暦　夜叉追い　長編時代小説〈書き下ろし〉
江戸市中に難事件が勃発した。鏡心明智流免許皆伝の定町廻り同心・主税助が探索に奔る。端正にして芳醇な新捕物帳！　シリーズ第一弾。

千野隆司　主税助（ちからのすけ）捕物暦　天狗斬り　長編時代小説〈書き下ろし〉
島送りの罪人を乗せた唐丸駕籠が何者かに襲われ、捕縛に向かった主税助の前に本所の大天狗と怖れられる浪人の姿が……。シリーズ第二弾。

千野隆司　主税助（ちからのすけ）捕物暦　麒麟（きりん）越え　長編時代小説〈書き下ろし〉
「大身旗本の姫を知行地まで護衛せよ」が奉行から命じられた別御用だった。攫われた姫を追って敵の本拠地・麒麟谷へ！シリーズ第三弾。

築山桂　甲次郎浪華始末　蔵屋敷の遣い　長編時代小説〈書き下ろし〉
呉服商若狭屋甲次郎を慕う二人の町娘、信乃と千佐。嘉永年間の大坂を舞台に、気鋭の大型新人が描く武士と商人の策謀。シリーズ第一弾。

鳥羽亮
はぐれ長屋の用心棒
子盗ろ
長編時代小説〈書き下ろし〉
長屋の四つになる男の子が忽然と消えた。江戸では幼い子供達がいなくなる事件が続発。神隠しか、かどわかしか？ シリーズ第四弾。

鳥羽亮
はぐれ長屋の用心棒
深川袖しぐれ
長編時代小説〈書き下ろし〉
幼馴染みの女がならず者に連れ去られた。下手人糾明に乗り出した源九郎たちの前に立ちはだかる、闇社会を牛耳る大悪党。シリーズ第五弾。

鳥羽亮
はぐれ長屋の用心棒
迷い鶴
長編時代小説〈書き下ろし〉
源九郎は武士にかどわかされかけた娘を助けた。過去の記憶も名前も思い出せない娘を襲う玄宗流の凶刃！ シリーズ第六弾。

鳥羽亮
はぐれ長屋の用心棒
黒衣の刺客
長編時代小説〈書き下ろし〉
源九郎が密かに思いを寄せているお吟に、妾にならないかと迫る男が現れた。そんな折、長屋に住む大工の房吉が殺される。シリーズ第七弾。

鳥羽亮
子連れ侍平十郎
上意討ち始末
長編時代小説
陸奥にある萩野藩を二分する政争に巻き込まれた、下級武士・長岡平十郎の悲哀と反骨をリリカルに描いた、シリーズ第一弾！

鳥羽亮
剣狼秋山要助
秘剣風哭
連作時代小説〈文庫オリジナル〉
上州、武州の剣客や博徒から鬼秋山、喧嘩秋山と恐れられた男の、孤剣に賭けた凄絶な人生を描いた、これぞ「鳥羽時代小説」の原点。

中村彰彦
歴史浪漫紀行
座頭市から新選組まで
歴史ウオーキングエッセイ
座頭市は二人いた!? 韓国に侵攻した秀吉が残した倭城、新選組の魂のルーツを求めて——直木賞作家が歴史の謎に迫る!!

藤原緋沙子

藍染袴（あいぞめばかま）お匙帖

風光る

時代小説〈書き下ろし〉

医学館の教授方であった父の遺志を継いで治療院を開いた千鶴が、御家人の菊池求馬とともに難事件を解決する。好評シリーズ第一弾！

藤原緋沙子

藍染袴（あいぞめばかま）お匙帖

雁渡（かりわた）し

時代小説〈書き下ろし〉

押し込み強盗を働いた男が牢内で死んだ。牢医師も務める町医者千鶴の見立ては、鳥頭による毒殺だったが……。好評シリーズ第二弾！

藤原緋沙子

藍染袴（あいぞめばかま）お匙帖

父子雲（ちちこぐも）

時代小説〈書き下ろし〉

シーボルトの護衛役が自害した。長崎で医術を学んでいたころ世話になった千鶴は、シーボルトが上京すると知って……。シリーズ第三弾！

細谷正充・編

時代推理小説傑作選

大江戸犯科帖

時代推理小説集

江戸の町で繰り広げられる数々の事件と悲喜こもごもの人間模様。稀代の作家、松本清張・戸板康二・新田次郎など十一人の傑作選。

細谷正充・編

時代劇原作選集

時代小説アンソロジー

『椿三十郎』『座頭市』……日本映画史に燦然と輝く、あの時代劇を生み出した傑作小説十編を収録。原作と映画、両方の解説付き。

細谷正充・編

名探偵時代小説

偉人八傑推理帖

時代小説アンソロジー

織田信長、宮本武蔵、沖田総司など、八人の歴史上の有名人物が探偵役となり、難事件に挑む様を描いた時代推理小説アンソロジー。

細谷正充・編

時代小説化け物づくし

妖異七奇談

時代小説アンソロジー

人を蠱惑する異形のものたち。夢枕獏、宮部みゆき、菊地秀行、朝松健、山田正紀、東郷隆、梶尾真治——七人の作家が描く妖怪譚。

細谷正充・編

時代推理小説名作選
大江戸事件帖

時代小説 アンソロジー

仁木悦子の犯人当てから、笹沢左保の股旅物まで、七人の作家が描く、さまざまな味わいの傑作時代ミステリー短編集。

細谷正充・編

傑作時代小説
大江戸殿様列伝

時代小説 アンソロジー

実在する大名の行状に材をとった傑作揃い。池波正太郎、柴田錬三郎、佐藤雅美、安西篤子、神坂次郎ら七人の作家が描く名短編。

松本賢吾

竜四郎疾風剣
流星を斬る

長編時代小説〈書き下ろし〉

明和九年の田沼時代、訳あって兄嫁を斬り国を出奔した梢竜四郎。富士の裾野で会得した「流星返し」の豪剣で降りかかる女難、剣難を斬る。

松本賢吾

竜四郎疾風剣
邪悪を斬る

長編時代小説〈書き下ろし〉

植木職人清吉が旗本の奥方との不義密通で手打ちにされた。裏のからくりに気づいた竜四郎が駆ける。好評シリーズ第二弾。

松本賢吾

竜四郎疾風剣
吉原を斬る

長編時代小説〈書き下ろし〉

甲賀忍者の末流近江仁甲寺藩を恨み修羅となった兄妹。妖刀村正をめぐる因縁も加わり、竜四郎を巻き込んでゆく。好評シリーズ第三弾。

松本賢吾

竜四郎疾風剣
群雲を斬る

長編時代小説〈書き下ろし〉

夜盗狩りで出くわした大盗・霞の仁兵衛は、田沼意次暗殺を画策する一味だった。隻腕の浪人熊沢陣内も竜四郎を狙う。好評シリーズ第四弾。

松本賢吾

竜四郎疾風剣
水月を斬る

長編時代小説〈書き下ろし〉

江戸の街に麻疹が流行し、竜四郎の長屋では医師安軒を中心に病と対決するが、その一方で大家の源助が不審な行動を。シリーズ完結編。

松本賢吾

はみだし同心人情剣
片恋十手

長編時代小説
〈書き下ろし〉

南町奉行所内与力の神永駒次郎は、員数外のはぐれ者だが、大岡越前の直轄で捜査を行う重要な役割をになっていた。シリーズ第一弾。

松本賢吾

はみだし同心人情剣
忍恋十手（しのぶこい）

長編時代小説
〈書き下ろし〉

吉宗の御落胤を騙る天一坊が大坂に現れた。事態を危惧する大岡忠相に調査を命じられた駒次郎の活躍は!? 好評シリーズ第二弾！

松本賢吾

はみだし同心人情剣
悲恋十手

長編時代小説
〈書き下ろし〉

花見客の騒動をきっかけに、大盗賊雲切仁左衛門の手掛かりを摑んだ駒次郎は、恋敵の渥美喜十郎とともに奔走する。好評シリーズ第三弾！

松本賢吾

はみだし同心人情剣
仇恋十手（あだこい）

長編時代小説
〈書き下ろし〉

阿片中毒患者が火盗改に斬られる事件が、三件続く。江戸の街を阿片で混乱させる一味に挑む駒次郎が窮地に！ 好評シリーズ第四弾！

峰隆一郎

戦国忍者残酷帖

特選連作時代短編集

足利義昭は織田信長追討の策を練るべく諸大名に密書を送るため、伊賀忍者を頼んだ。信長の忍者群との、生死を賭けた熾烈な闘いが始まった。

峰隆一郎

大奥秘交絵巻
春日局

特選長編時代小説

将軍家光の実母であり、大奥三千人の頂点に君臨し、睦言により幕府安泰を願う陰の権力者・春日局。その半生を峰隆一郎が描く。

宮城賢秀

道中奉行裏探索方事件控
凶悪狩り

長編時代小説

品川宿の大半を焼失させた残忍な盗人一味を追って、東海道を上る道中奉行裏探索方七人の精鋭。一刀流の剛剣が乱麻を断つ！

宮城賢秀　**必殺剣**　内与力（ないよりき）捕物帳　長編時代小説〈書き下ろし〉

ペリー来航の前年（嘉永五年）、江戸市中を大混乱に陥れた盗賊の群れに真っ向から立ち向かう南町奉行内与力・池田隼人の剛剣が唸る！

宮城賢秀　**無双剣**　内与力（ないよりき）捕物帳　長編時代小説〈書き下ろし〉

嘉永五年、動乱の幕末前夜。跳梁跋扈する盗賊を操る闇金の魔手に立ち向かう新陰流皆伝・池田隼人の剛剣。シリーズ第二弾。

宮城賢秀　**刺客（せっかく）狩り**　城右近隠密帳　長編時代小説

前薩摩藩主の命で長崎奉行を暗殺した城右近に襲いかかる老中首座松平信明の刺客。手練の示現流が並み居る敵を震撼させる。

宮城賢秀　**血の報償**　用心棒稼業　長編時代小説

御府内の裏商人同士の抗争で仲間を殺された素浪人片倉俊造は、その復讐を天に誓い、犯行の黒幕である元締めを炙り出してゆく。

宮城賢秀　**賞金稼ぎ**　伊丹十兵衛惨殺控　長編時代小説

文政六年正月、浅草の質両替商一家が惨殺された。報奨は三百両。事件の首領を追う賞金稼ぎ、伊丹十兵衛の斬剣が虚空に舞う。

宮城賢秀　**女首領**　伊丹十兵衛惨殺控　長編時代小説

色狂いの叔母を幽閉し、周囲の男を屠って欲しい。旗本から奇妙な依頼が舞い込んだ。お家存亡に関わる陰謀が次第に白日の下に曝される。

宮城賢秀　**血陣**　吉宗の御庭番　長編時代小説〈書き下ろし〉

八代将軍徳川吉宗の手足となって諸国を巡り、縦横無尽の活躍をみせる御庭番・柾城左近たちの暗闘を描く。シリーズ第一弾！

三宅登茂子
密偵　美作新九郎
猫股秘聞
長編時代小説〈書き下ろし〉
佐賀藩の屋台骨を揺さぶる陰謀。藩主鍋島治茂の命を受け、江戸に向かった猫股一族の密偵・美作新九郎の行く手に待ち受ける罠。

三宅登茂子
小検使　結城左内
山雨の寺
長編時代小説〈書き下ろし〉
丹後宮津藩主松平宗発から小検使に任じられた結城左内は役目の途次、雷雨を凌ごうとした廃寺で内偵中の男に出くわす。シリーズ第一弾。

吉田雄亮
仙石隼人探察行
繚乱断ち
長編時代小説〈書き下ろし〉
役目の途上消息を絶った父・武兵衛に代わり、側目付・隼人が将軍吉宗からうけた命は尾張徳川家謀反の探索だった。

吉田雄亮
聞き耳幻八浮世鏡
黄金小町
長編時代小説〈書き下ろし〉
御家人の倅、朝比奈幻八は、聞き耳幻八と異名をとる読売の文言書き。大川端に浮かんだ女の死体の謎を探るが……。シリーズ第一弾。

六道慧
浦之助手留帳
花も花なれ
長編時代小説〈書き下ろし〉
越後河田藩の留守居役を退いた山本浦之助。相談事を持ちかけられた浦之助が、備中足守藩小納戸役の不審な死の謎を解く。シリーズ第一弾。

六道慧
浦之助手留帳
霧しぐれ
長編時代小説〈書き下ろし〉
〈江戸城の智恵袋〉の異名をとる山本浦之助が、川柳に託して持ち込まれた相談事に隠された謎を解く。著者渾身のシリーズ第二弾。

六道慧
浦之助手留帳
夢のあかり
長編時代小説〈書き下ろし〉
寛政二年五月、深川河岸で釣りに興じる山本浦之助。思わぬ騒動に巻き込まれた浦之助が解き明かす連続侍殺しの謎。シリーズ第三弾。

六道慧

浦之助手留帳
小夜嵐（さよあらし）

長編時代小説〈書き下ろし〉

老舗の主が命を狙われている——。浅草三好町で悠々自適の隠居暮らしを送る浦之助が、鮮やかに捌いてみせる男女の仲。シリーズ第四弾。

和久田正明

読売り雷蔵 世直し帖
彼岸桜

長編時代小説〈書き下ろし〉

瓦版で評判をとった浅草花川戸町の書物問屋、巴屋の再興を決意した雷蔵は、昔の仲間を集めて罠を張るが……。好評シリーズ第一弾。

和久田正明

読売り雷蔵 世直し帖
螢の川

長編時代小説〈書き下ろし〉

尼天教に入信した妻を連れ戻してほしいと頼まれた雷蔵は、峠九十郎やお艶らと谷中の螢屋敷に踏み込む。好評シリーズ第二弾。

和久田正明

読売り雷蔵 世直し帖
初雁翔ぶ（はつかりとぶ）

長編時代小説〈書き下ろし〉

盗賊・閻魔が、真綿問屋に押し入り百両を奪って一家を皆殺しにした。巴屋の雷蔵は閻魔を裏獄門へと誘う罠を張る。好評シリーズ第三弾。

和久田正明

火賊捕盗同心捕者帳（ひぞくほとうどうしんとりものちょう）
あかね傘

長編時代小説〈書き下ろし〉

刀剣・骨董専門の盗人〈赤目の権兵衛〉探索に乗り出した、若き火盗改め同心・新免又七郎の活躍を描く、好評シリーズ第一弾！